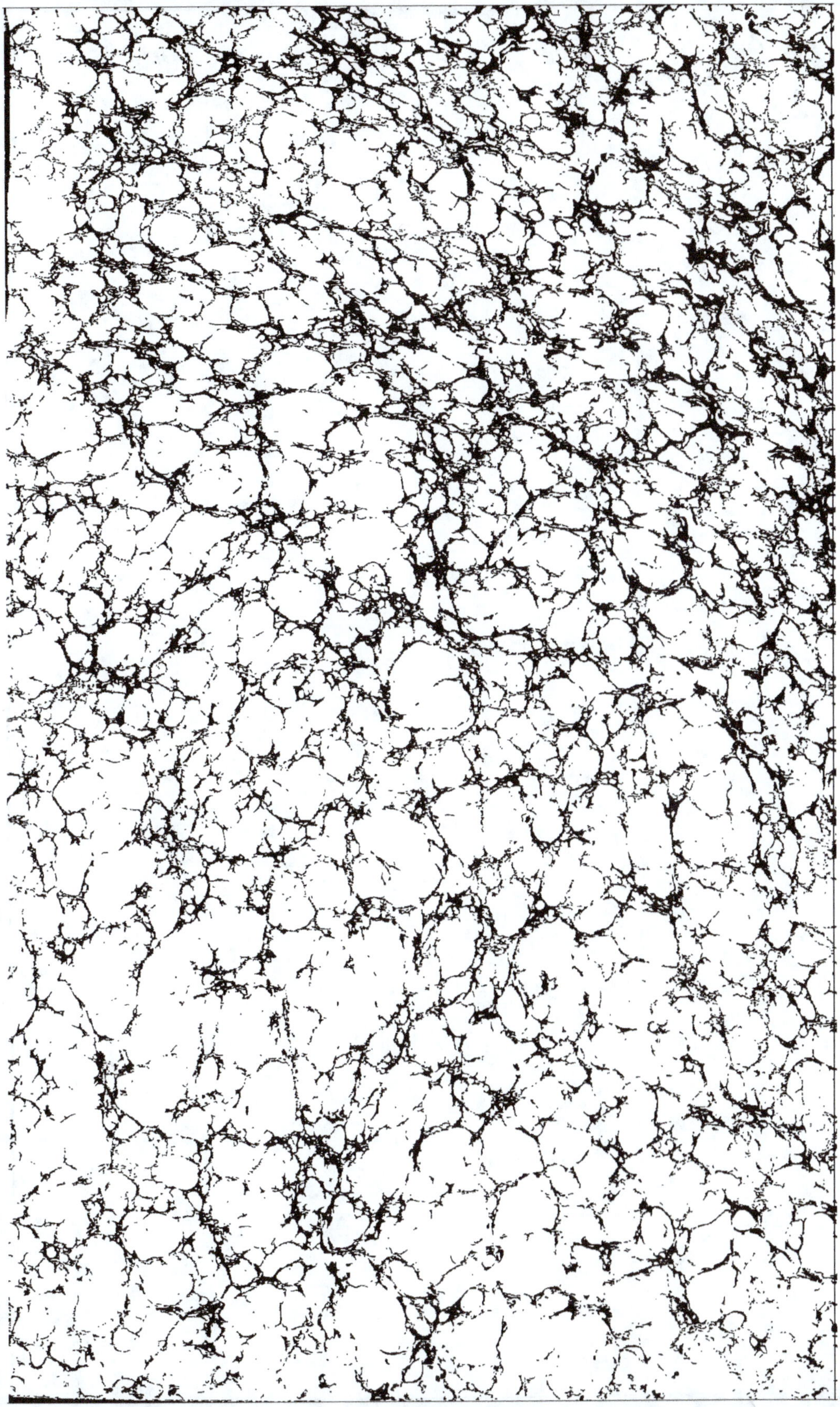

MÉMOIRES

D'OUTRE-TOMBE

La Société propriétaire,

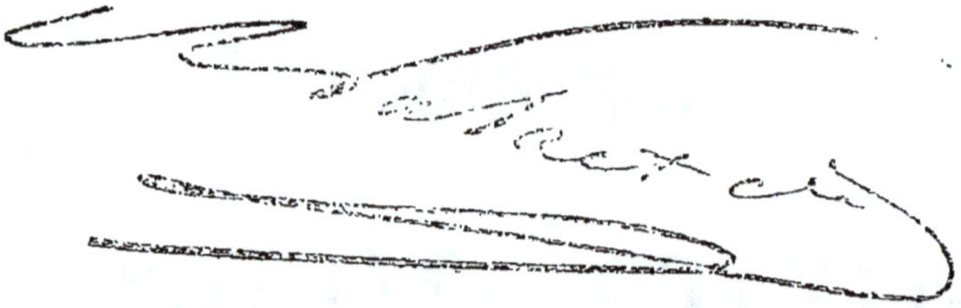

Tous les exemplaires non revêtus de la signature ci-dessus, seront réputés contrefaits et poursuivis comme tels.

PARIS. — TYPOGRAPHIE DE E. ET V. PENAUD FRÈRES,
10, rue du Faubourg-Montmartre.

CHATEAUBRIAND FAIT CHEVALIER DE MALTE

MÉMOIRES

D'OUTRE-TOMBE

PAR M. LE VICOMTE

DE CHATEAUBRIAND

TOME PREMIER

PARIS

EUGÈNE ET VICTOR PENAUD FRÈRES, ÉDITEURS

10, RUE DU FAUBOURG-MONTMARTRE

1849

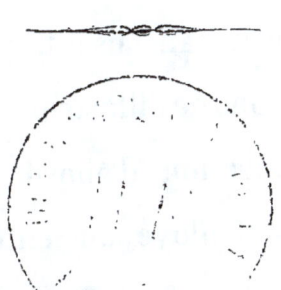

Retiré des affaires publiques depuis 1830, l'auteur du *Génie du Christianisme* était vivement pressé par ses amis de publier ses *Mémoires*, auxquels on savait qu'il travaillait depuis longtemps. Mais les combinaisons ordinaires de la librairie n'avaient pu lui convenir, parce qu'en échange d'un prix qu'il aurait reçu, il aurait dû livrer de suite au public cet ouvrage qu'il n'avait écrit d'abord que pour être publié *outre-tombe*, et qu'il continuait d'enrichir chaque jour de ses réflexions et de ses jugements sur les hommes et sur les choses qui l'entouraient.

En 1836, un éditeur se présenta qui sut trouver une combinaison satisfaisante pour les intérêts et les intentions de l'illustre écrivain. Sans pouvoir rien publier tout d'abord, une société fut formée par M. Delloye, ancien officier devenu libraire, pour garantir à M. et à Mme de Chateaubriand une rente viagère honorable, pour lui fournir les sommes dont il avait besoin dans le moment, et qui ajournait à des époques éloignées la publication du *Congrès de Vérone*, des *Mémoires d'Outre-Tombe*, et des œuvres auxquelles l'auteur voudrait consacrer les loisirs que les événements lui avaient faits.

Les amis, les admirateurs du grand écrivain, les spéculateurs même vinrent concourir à cette opération, à laquelle chacun, suivant le sentiment qui l'animait, prit une part plus ou moins importante.

Les noms de tous les souscripteurs devaient être publiés; c'est cette liste que nous plaçons en tête de la première édition des *Mémoires*. C'est à eux, comme à M. Delloye, qu'était adressée la lettre ci-jointe de M. Chateaubriand, que nous publions aujourd'hui. Ces quelques lignes de l'auteur doivent être pour l'ancien éditeur un remercîment doublement posthume, dont le nouvel éditeur ne pouvait se dispenser de faire part au public.

LISTE DES ACTIONNAIRES SOUSCRIPTEURS

dans la Société propriétaire des *Mémoires d'Outre-Tombe*, du *Congrès de Vérone*, et de la *Vie de l'Abbé de Rancé*.

MM.

Amédée Jauge,

Vicomte de Saint-Priest,

Duc d'Escars,

De Longperrier,

Bouard,

Ramond de la Bastiole,

MM.

Marquis de Sainte-Fère,

A. Sala,

E. Sala,

Vicomte Beugnot,

Baron Michel de Saint-Albin,

Fouquier Long,

De L'Aubépin,

Comte de Saint-Clou,

Saulse,

De Courtigis,

E. Daubrée,

Baron Hyde de Neuville,

Duc de Lévis-Ventadour,

Comte de Bésenval,

De Cheverry,

Auguste de Mauduit,

Houdaille,

Chevalier des Étangs,

MM.

Delloye,

Delloye (de Cambrai,)

De Bermonville,

Tastu (Joseph),

Vicomte de Forestier,

Comte de La Myre-Mory,

Béthune,

J.-F. Coulon,

J. Charlu,

Dujarrier,

Ed. Mennechet,

Huysman d'Honnesem,

Comte de Chazelles,

Foucher,

Baron de Paraza,

Ch. Phelipeaux,

O'Neil,

De La Gorgette,

MM.

M. Roux,

Marquis de la Rochejaquelein,

E. Lecarron,

De Glatigny,

L'Abbé Vic,

L'Abbé Castillon,

Comte de Montlivault,

Vicomte Beuret,

René de Choiseuil,

A. Simier,

De Bosredon,

Surivet,

Mlle Ardin,

Barrau,

De Caradeuc,

Robien,

De Kercaradec,

Aydé,

MM.

De Julvécourt,

L. Piers,

L'Abbé Michel,

Le Chevalier,

De la Combe,

Baron Chasseloup-Delamotte,

Baudoin,

H. Ferrand,

Comtesse de la Grandville,

Soudan,

Marquis de Moyria,

Cahouet,

Mandaroux-Vertamy,

De Charencey,

Vicomte d'Armaillé,

J. Cardin,

Garnier,

Madame Curtet,

MM.

Froger (Thomas),

Saulse,

Madame de Rilly,

De Melquey,

De Courtivron,

Colles,

Comte de Soffy,

Mademoiselle Haynault,

Manet,

Detourgues,

Marsac,

Bonnet,

De Fremeur,

Gruner,

Madame de Toustain,

Baron,

Le Roy,

Mastric,

MM.

De Frémery,

De Bréolles,

Duchesne,

Duquesne,

Bertin,

Géneau,

Grémion,

De Portez,

Coillières,

De Gigord,

Aubin,

Dulud,

De Beauval,

De la Barbey,

Guibert,

Bouchaud,

Haunein,

Fortunet,

MM.

Bataille,

Billiard,

Fortin,

Jouauld,

Bonnavi,

Montpésat,

Boucher,

De Buissy,

Tavaud,

Deherain,

Tavaud,

Vicomte d'Alès,

Du Maine,

Barrau,

De Montval,

De la Rosière,

Bosredon,

Charles Juste,

MM.

De Lorgeril,

Labiche,

Soudan,

De Prailles,

Saint-Agnan,

De Melquer,

Crespin,

Crépy,

A. Hattu,

François,

Péraut,

L'Abbé Juste,

Madame Puitesson,

Accary.

Paris, ce 30 juin 1836.

A Monsieur H.-L. Delloye, lieutenant-colonel en retraite, chevalier de l'Ordre royal de Saint-Louis et de la Légion d'honneur.

Voilà, Monsieur, notre affaire en bon train; aussitôt le *Milton* achevé, je me suis remis aux *Mémoires*, et j'ai fait commencer la copie que je dois vous livrer dans les premiers mois de l'année prochaine. Je me félicite, Monsieur, d'avoir rencontré un brave et loyal officier de la garde royale qui a terminé une affaire qui, sans lui, n'aurait peut-être jamais fini. C'est donc à vous, Monsieur, que j'aurai dû le repos de ma vie et, ce qui m'importe le plus, celui de Madame de Chateaubriand. Dieu aidant, le reste ira bien, et j'espère que ni vous, ni les actionnaires, dans un temps donné, n'auront à regretter d'être devenus les propriétaires de mes *Mémoires*.

Croyez, je vous prie, Monsieur, à mon sincère dévouement, et ayez l'assurance de ma considération très-distinguée.

CHATEAUBRIAND.

AVANT-PROPOS

Paris, 14 avril 1846.

Sicut nubes.... quasi naves... velut umbra.
JOB.

Comme il m'est impossible de prévoir le moment de ma fin, comme à mon âge les jours accordés à l'homme ne sont que des jours de grâce ou plutôt de rigueur, je vais m'expliquer.

Le 4 septembre prochain, j'aurai atteint ma

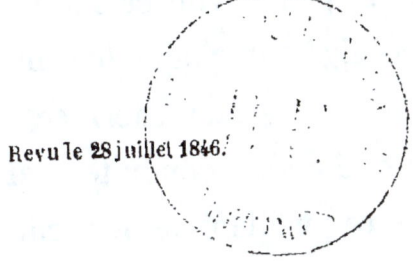

soixante-dix-huitième année : il est bien temps que je quitte un monde qui me quitte et que je ne regrette pas.

Les *Mémoires* à la tête desquels on lira cet avant-propos, suivent, dans leurs divisions, les divisions naturelles de mes carrières.

La triste nécessité qui m'a toujours tenu le pied sur la gorge, m'a forcé de vendre mes *Mémoires*. Personne ne peut savoir ce que j'ai souffert d'avoir été obligé d'hypothéquer ma tombe; mais je devais ce dernier sacrifice à mes serments et à l'unité de ma conduite. Par un attachement peut-être pusillanime, je regardais ces *Mémoires* comme des confidents dont je ne m'aurais pas voulu séparer; mon dessein était de les laisser à madame de Chateaubriand : elle les eût fait connaître à sa volonté, ou les aurait supprimés, ce que je désirerais plus que jamais aujourd'hui.

Ah! si, avant de quitter la terre, j'avais pu trouver quelqu'un d'assez riche, d'assez confiant pour racheter les actions de la *Société*, et n'étant pas, comme cette Société, dans la nécessité de mettre l'ouvrage sous presse sitôt que tintera mon glas ! Quelques-uns des actionnaires sont mes amis ; plusieurs sont des personnes obligeantes qui ont cherché à m'être utiles ; mais enfin les actions se seront peut-être vendues ; elles auront été transmises à des tiers que je ne connais pas et dont les affaires de famille doivent passer en première ligne ; à ceux-ci, il est naturel que mes jours, en se prolongeant, deviennent sinon une importunité, du moins un dommage. Enfin, si j'étais encore maître de ces *Mémoires*, ou je les garderais en manuscrit ou j'en retarderais l'apparition de cinquante années.

Ces *Mémoires* ont été composés à différentes dates et en différents pays. De là, des prologues obligés qui peignent les lieux que j'avais sous les yeux, les sentiments qui m'occupaient au moment où se renoue le fil de ma narration. Les formes changeantes de ma vie sont ainsi entrées les unes dans les autres : il m'est arrivé que, dans mes instants de prospérité, j'ai eu à parler de mes temps de misère ; dans mes jours de tribulation, à retracer mes jours de bonheur. Ma jeunesse pénétrant dans ma vieillesse, la gravité de mes années d'expérience attristant mes années légères, les rayons de mon soleil, depuis son aurore jusqu'à son couchant, se croisant et se confondant, ont produit dans mes récits une sorte de confusion, ou, si l'on veut, une sorte d'unité indéfinissable ; mon berceau a de ma tombe, ma tombe a de mon berceau : mes souffrances deviennent des plaisirs, mes plaisirs des douleurs, et je ne sais plus, en achevant de lire ces *Mémoires*, s'ils sont d'une tête brune ou chenue.

J'ignore si ce mélange, auquel je ne puis apporter remède, plaira ou déplaira ; il est le fruit des inconstances de mon sort : les tempêtes ne m'ont laissé souvent de table pour écrire que l'écueil de mon naufrage.

On m'a pressé de faire paraître de mon vivant quelques morceaux de ces *Mémoires*, je préfère parler du fond de mon cercueil; ma narration sera alors accompagnée de ces voix qui ont quelque chose de sacré, parce qu'elles sortent du sépulcre. Si j'ai assez souffert en ce monde pour être dans l'autre une ombre heureuse, un rayon échappé des Champs-Élysées répandra sur mes derniers tableaux une lumière protectrice : la vie me sied mal; la mort m'ira peut-être mieux.

Ces *Mémoires* ont été l'objet de ma prédilection : saint Bonaventure obtint du ciel la permission de continuer les siens après sa mort; je n'espère pas une telle faveur, mais je désirerais ressusciter à l'heure des fantômes, pour corriger au moins les épreuves. Au surplus, quand l'Éternité m'aura de ses deux mains bouché les oreilles, dans la poudreuse famille des sourds, je n'entendrai plus personne.

Si telle partie de ce travail m'a plus attaché que telle autre, c'est ce qui regarde ma jeunesse, le coin le plus ignoré de ma vie. Là, j'ai eu à réveiller un monde qui n'était connu que de moi ; je n'ai rencontré, en errant dans cette société évanouie, que des souvenirs et le silence ; de toutes les personnes que j'ai connues, combien en existe-t-il aujourd'hui ?

Les habitants de Saint-Malo s'adressèrent à moi le 25 août 1828, par l'entremise de leur maire, au sujet d'un bassin à flot qu'ils désiraient établir. Je m'empressai de répondre, sollicitant, en échange de bienveillance, une concession de quelques pieds de terre, pour mon tombeau, sur *le Grand-Bé*[1]. Cela souffrit des difficultés, à cause de l'opposition du génie militaire. Je reçus enfin, le 27 octobre 1831, une lettre du maire, M. Hovius. Il me disait : « Le lieu de repos que vous désirez au bord « de la mer, à quelques pas de votre berceau, « sera préparé par la piété filiale des Malouins. « Une pensée triste se mêle pourtant à ce soin. « Ah ! puisse le monument rester longtemps « vide ! mais l'honneur et la gloire survivent « à tout ce qui passe sur la terre. » Je cite

[1] Ilot situé dans la rade de Saint-Malo.

avec reconnaissance ces belles paroles de M. Hovius : il n'y a de trop que le mot *gloire*.

Je reposerai donc au bord de la mer que j'ai tant aimée. Si je décède hors de France, je souhaite que mon corps ne soit rapporté dans ma patrie qu'après cinquante ans révolus d'une première inhumation. Qu'on sauve mes restes d'une sacrilége autopsie; qu'on s'épargne le soin de chercher dans mon cerveau glacé et dans mon cœur éteint le mystère de mon être. La mort ne révèle point les secrets de la vie. Un cadavre courant la poste me fait horreur; des os blanchis et légers se transportent facilement : ils seront moins fatigués dans ce dernier voyage que quand je les traînais çà et là chargés de mes ennuis.

MÉMOIRES

Sicut nubes.... quasi naves... velut umbra.
JOB.

La Vallée-aux-Loups, près d'Aulnay, ce 4 octobre 1811.

Il y a quatre ans qu'à mon retour de la Terre-Sainte, j'achetai près du hameau d'Aulnay, dans le voisinage de Sceaux et de Chatenay, une maison de jardinier, cachée parmi des collines couvertes de bois. Le terrain inégal et sablonneux dépendant de cette maison, n'était qu'un verger sauvage au bout duquel se trouvait une ravine et un taillis de châtaigniers. Cet étroit espace me parut propre à renfermer mes longues espérances; *spatio brevi spem longam reseces*. Les arbres que j'y ai plantés prospèrent, ils sont encore si petits que je leur donne de l'ombre quand je me place entre eux et le soleil. Un jour, en me rendant cette ombre, ils protégeront mes vieux ans comme j'ai protégé leur jeunesse. Je les ai choisis autant que je l'ai pu des divers climats où j'ai erré; ils rappellent mes voyages et nourrissent au fond de mon cœur d'autres illusions.

Si jamais les Bourbons remontent sur le trône, je ne leur demanderai, en récompense de ma fidélité, que de me rendre assez riche pour joindre à mon héritage la lisière des bois qui l'environnent : l'ambition m'est venue; je voudrais accroître ma promenade de quelques arpents : tout chevalier errant que je suis, j'ai les goûts sédentaires d'un moine : depuis que j'habite cette retraite, je ne crois pas avoir mis trois fois les pieds hors de mon enclos. Mes pins, mes sapins, mes mélèzes, mes cèdres tenant jamais ce qu'ils promettent, la Vallée-aux-Loups deviendra une véritable chartreuse. Lorsque Voltaire naquit à Chatenay, le 20 février 1694, quel était l'aspect du coteau où se devait retirer, en 1807, l'auteur du *Génie du Christianisme ?*

Ce lieu me plaît; il a remplacé pour moi les champs paternels; je l'ai payé du produit de mes rêves et de mes veilles; c'est au grand désert d'Atala que je dois le petit désert d'Aulnay; et pour me créer ce refuge, je n'ai pas, comme le colon américain, dépouillé l'Indien des Florides. Je suis attaché à mes arbres; je leur ai adressé des élégies, des sonnets, des odes. Il n'y a pas un seul d'entre eux que je n'aie soigné de mes propres mains, que je n'aie délivré du ver attaché à sa racine, de la chenille collée à sa feuille; je les connais tous par leurs noms comme mes enfants : c'est ma famille, je n'en ai pas d'autre, j'espère mourir auprès d'elle.

Ici, j'ai écrit les *Martyrs*, les *Abencerages*, l'*Itinéraire* et *Moïse;* que ferai-je maintenant dans les soirées de cet automne? Ce 4 octobre 1811, anniversaire de ma fête et de mon entrée à Jérusalem, me tente à commencer l'histoire de ma vie. L'homme qui ne donne aujourd'hui l'empire du monde à la France que pour la fouler à ses pieds, cet homme, dont j'admire le génie et dont j'abhorre le despotisme, cet homme m'enveloppe de sa tyrannie comme d'une autre solitude; mais s'il écrase le présent, le passé le brave, et je reste libre dans tout ce qui a précédé sa gloire.

La plupart de mes sentiments sont demeurés au fond de mon âme, ou ne se sont montrés dans mes ouvrages que comme appliqués à des êtres imaginaires. Aujourd'hui que je regrette encore mes chimères sans les poursuivre, je veux remonter le penchant de mes belles années : ces *Mémoires* seront un temple de la mort élevé à la clarté de mes souvenirs.

De la naissance de mon père et des épreuves de sa première position, se forma en lui un des caractères les plus sombres qui aient été. Or, ce caractère a influé sur mes idées en effrayant mon enfance, contristant ma jeunesse et décidant du genre de mon éducation.

Je suis né gentilhomme. Selon moi, j'ai profité du hasard de mon berceau, j'ai gardé cet amour plus ferme de la liberté qui appartient principalement à l'aristocratie dont la dernière heure est sonnée. L'aristocratie a trois âges successifs; l'âge des supériorités, l'âge des priviléges, l'âge des vanités : sortie du premier, elle dégénère dans le second et s'éteint dans le dernier.

On peut s'enquérir de ma famille, si l'envie en prend, dans le dictionnaire de Moréri, dans les diverses histoires de Bretagne de d'Argentré, de dom Lobineau, de dom Morice, dans l'*Histoire généalogique de plusieurs maisons illustres de Bretagne* du P. Dupaz, dans Toussaint Saint-Luc, Le Borgne, et enfin dans l'*His-*

toire des grands officiers de la Couronne du P. Anselme [1].

Les preuves de ma descendance furent faites entre les mains de Chérin, pour l'admission de ma sœur Lucile comme chanoinesse au chapitre de l'Argentière, d'où elle devait passer à celui de Remiremont ; elles furent reproduites pour ma présentation à Louis XVI, reproduites pour mon affiliation à l'ordre de Malte et reproduites, une dernière fois, quand mon frère fut présenté au même infortuné Louis XVI.

Mon nom s'est d'abord écrit *Brien*, ensuite *Briant* et *Briand*, par l'invasion de l'orthographe française. Guillaume le Breton dit *Castrum-Briani*. Il n'y a pas un nom en France qui ne présente ces variations de lettres. Quelle est l'orthographe de du Guesclin ?

Les *Brien* vers le commencement du onzième siècle communiquèrent leur nom à un château

[1] Cette généalogie est résumée dans l'*Histoire généalogique et héraldique des Pairs de France*, etc., par M. le chevalier de Courcelles.

considérable de Bretagne, et ce château devint le chef-lieu de la baronnie de Chateaubriand. Les armes de Chateaubriand étaient d'abord des pommes de pin avec la devise : *Je sème l'or*. Geoffroy, baron de Chateaubriand, passa avec saint Louis en Terre-Sainte. Fait prisonnier à la bataille de la Massoure, il revint, et sa femme Sybille mourut de joie et de surprise en le revoyant. Saint Louis, pour récompenser ses services, lui concéda à lui et à ses héritiers, en échange de ses anciennes armoiries, un écu de gueules, semé de fleurs de lys d'or : *Cui et ejus hœredibus,* atteste un cartulaire du prieuré de Bérée, *sanctus Ludovicus tum Francorum rex, propter ejus probitatem in armis, flores lilii auri, loco pomorum pini auri, contulit.*

Les Chateaubriand se partagèrent dès leur origine en trois branches : la première, dite *barons de Chateaubriand,* souche des deux autres et qui commença l'an 1000 dans la personne de Thiern, fils de Brien, petit-fils d'Alain III, comte ou chef de Bretagne; la seconde, surnommée *seigneurs des Roches Baritaut*, ou du *Lion d'Angers;* la troisième paraissant sous le titre de *sires de Beaufort.*

Lorsque la lignée des sires de Beaufort vint à s'éteindre dans la personne de Dame Renée, un Christophe II, branche collatérale de cette lignée, eut en partage la terre de la Guérande en Morbihan. A cette époque, vers le milieu du dix-septième siècle, une grande confusion s'était répandue dans l'ordre de la noblesse; des titres et des noms avaient été usurpés. Louis XIV prescrivit une enquête, afin de remettre chacun dans son droit. Christophe fut maintenu, sur preuve de sa noblesse d'ancienne extraction, dans son titre et dans la possession de ses armes, par arrêt de la Chambre établie à Rennes pour la réformation de la noblesse de Bretagne. Cet arrêt fut rendu le 16 septembre 1669 ; en voici le texte :

« Arrêt de la Chambre établie par le Roi « (Louis XIV) pour la reformation de la no-

« blesse en la province de Bretagne, rendu le « 16 septembre 1669 : Entre le procureur géné- « ral du roi, et M. Christophe de Chateaubriand, « sieur de la Guérande ; lequel déclare ledit « Christophe issu d'ancienne extraction noble, « lui permet de prendre la qualité de chevalier, « et le maintient dans le droit de porter pour « armes de gueules semé de fleurs de lys d'or « sans nombre, et ce après production par lui « faite de ses titres authentiques, desquels il « appert, etc. etc., ledit Arrêt signé Malescot. »

Cet arrêt constate que Christophe de Chateaubriand de la Guérande descendait directement des Chateaubriand, sires de Beaufort ; les sires de Beaufort se rattachaient par documents historiques aux premiers barons de Chateaubriand. Les Chateaubriand de Villeneuve, du Plessis et de Combourg étaient cadets des Chateaubriand de la Guérande, comme il est prouvé par la descendance d'Amaury, frère de Michel, lequel Michel était fils de ce Christophe de la Guérande maintenu dans son extraction par l'arrêt ci-dessus rapporté de la reformation de la noblesse, du 16 septembre 1669.

Après ma présentation à Louis XVI, mon frère songea à augmenter ma fortune de cadet en me nantissant de quelques-uns de ces bénéfices appelés *bénéfices simples*. Il n'y avait qu'un seul moyen praticable à cet effet, puisque j'étais laïque et militaire, c'était de m'agréger à l'ordre de Malte. Mon frère envoya mes preuves à Malte, et bientôt après il présenta requête en mon nom, au chapitre du grand-prieuré d'Aquitaine, tenu à Poitiers, aux fins qu'il fût nommé des commissaires pour prononcer d'urgence. M. Pontois était alors archiviste, vice-chancelier et généalogiste de l'ordre de Malte, au Prieuré.

Le président du chapitre était Louis-Joseph des Escotais, bailli, grand-prieur d'Aquitaine, ayant avec lui le bailli de Freslon, le chevalier de la Laurencie, le chevalier de Murat, le chevalier de Lanjamet, le chevalier de la Bourdonnaye-Montluc et le chevalier du Bouëtiez. La requête fut admise les 9, 10 et 11 septembre 1789. Il est dit, dans les termes d'admission du *Mémorial*, que je méritais *à plus d'un titre* la grâce que je sollicitais, et que des *considérations du plus grand poids* me rendaient digne de la satisfaction que je réclamais.

Et tout cela avait lieu après la prise de la Bastille, à la veille des scènes du 6 octobre 1789 et de la translation de la famille royale à Paris ! Et dans la séance du 7 août de cette année 1789, l'Assemblée nationale avait aboli les titres de noblesse ! Comment les chevaliers et les examinateurs de mes preuves trouvaient-ils aussi que je méritais *à plus d'un titre la grâce que je sollicitais*, etc., moi qui n'étais qu'un chétif sous-lieutenant d'infanterie, inconnu, sans crédit, sans faveur et sans fortune ?

Le fils aîné de mon frère (j'ajoute ceci en 1831 à mon texte primitif écrit en 1811), le comte Louis de Chateaubriand, a épousé mademoiselle d'Orglandes, dont il a eu cinq filles et un garçon, celui-ci nommé Geoffroy. Christian, frère cadet de Louis, arrière-petit-fils et filleul de M. de Malesherbes, et lui ressemblant d'une manière frappante, servit avec distinction en Espagne comme capitaine dans les dragons de la garde, en 1823. Il s'est fait jésuite à Rome. Les jésuites suppléent à la solitude à mesure que celle-ci s'efface de la terre. Christian vient de mourir à Chieri, près Turin : vieux et malade, je le devais devancer ; mais ses vertus l'appelaient au ciel avant moi, qui ai encore bien des fautes à pleurer.

Dans la division du patrimoine de la famille, Christian avait eu la terre de Malesherbes, et Louis la terre de Combourg. Christian ne regardant pas le partage égal comme légitime, voulut, en quittant le monde, se dépouiller des biens qui ne lui appartenaient pas et les rendre à son frère aîné.

A la vue de mes parchemins, il ne tiendrait qu'à moi, si j'héritais de l'infatuation de mon père et de mon frère, de me croire cadet des ducs de Bretagne, venant de Thiern, petit-fils d'Alain III.

Cesdits Chateaubriand auraient mêlé deux fois leur sang au sang des souverains d'Angleterre, Geoffroy IV de Chateaubriand ayant épousé en secondes noces Agnès de Laval, petite-fille du comte d'Anjou et de Mathilde, fille de Henri Ier; Marguerite de Lusignan, veuve du roi d'Angleterre et petite-fille de Louis-le-Gros, s'étant mariée à Geoffroy V, douzième baron de Chateaubriand. Sur la race royale d'Espagne, on trouverait Brien, frère puîné du neuvième baron de Chateaubriand, qui se serait uni à Jeanne, fille d'Alphonse, roi d'Aragon. Il faudrait croire encore, quant aux grandes familles de France, qu'Édouard de Rohan prit à femme Marguerite de Chateaubriand; il faudrait croire encore qu'un Croï épousa Charlotte de Chateaubriand. Tinteniac, vainqueur au combat des Trente, du Guesclin le connétable, auraient eu des alliances avec nous dans les trois branches. Tiphaine du Guesclin, petite-fille du frère de Bertrand, céda à Brien de Chateaubriand, son cousin et son héritier, la propriété du Plessis-Bertrand. Dans les traités, des Chateaubriand sont donnés pour caution de la paix aux rois de France, à Clisson, au baron de Vitré. Les ducs de Bretagne envoient à des Chateaubriand copie de leurs assises. Les Chateaubriand deviennent grands officiers de la couronne, et des *illustres* dans la cour de Nantes; ils reçoivent des commissions pour veiller à la sûreté de leur province contre les Anglais. Brien Ier se trouve à la bataille d'Hastings : il était fils d'Eudon, comte de Penthièvre. Guy de Chateaubriand est du nombre des seigneurs qu'Arthur de Bretagne donna à son fils pour l'accompagner dans son ambassade auprès du Pape, en 1309.

Je ne finirais pas si j'achevais ce dont je n'ai voulu faire qu'un court résumé : la note [1] à laquelle je me suis enfin résolu, en considération de mes deux neveux, qui ne font pas

[1] Voyez cette note à la fin de ces *Mémoires*.

sans doute aussi bon marché que moi de ces vieilles misères, remplacera ce que j'omets dans ce texte. Toutefois, on passe aujourd'hui un peu la borne; il devient d'usage de déclarer que l'on est de race corvéable, qu'on a l'honneur d'être fils d'un homme attaché à la glèbe. Ces déclarations sont-elles aussi fières que philosophiques? N'est-ce pas se ranger du parti du plus fort? Les marquis, les comtes, les barons de maintenant, n'ayant ni priviléges ni sillons, les trois quarts mourant de faim, se dénigrant les uns les autres, ne voulant pas se reconnaître, se contestant mutuellement leur naissance; ces nobles, à qui l'on nie leur propre nom, ou à qui on ne l'accorde que sous bénéfice d'inventaire, peuvent-ils inspirer quelque crainte? Au reste, qu'on me pardonne d'avoir été contraint de m'abaisser à ces puériles récitations, afin de rendre compte de la passion dominante de mon père, passion qui fit le nœud du drame de ma jeunesse. Quant à moi, je ne me glorifie ni ne me plains de l'ancienne ou de la nouvelle société. Si, dans la première, j'étais le chevalier ou le vicomte de Chateaubriand, dans la seconde je suis François de Chateaubriand ; je préfère mon nom à mon titre.

Monsieur mon père aurait volontiers, comme un grand terrier du moyen âge, appelé Dieu *le Gentilhomme de là-haut,* et surnommé Nicodème (le Nicodème de l'Évangile) un *saint gentilhomme.* Maintenant, en passant par mon géniteur, arrivons de Christophe, seigneur suzerain de la Guérande, et descendant en ligne directe des barons de Chateaubriand, jusqu'à moi, François, seigneur sans vassaux et sans argent de la Vallée-aux-Loups.

En remontant la lignée des Chateaubriand, composée de trois branches, les deux premières étant faillies, la troisième, celle des sires de Beaufort, prolongée par un rameau (les Chateaubriand de la Guérande), s'appauvrit, effet inévitable de la loi du pays : les aînés nobles emportaient les deux tiers des biens, en vertu de la coutume de Bretagne ; les cadets divisaient entre eux tous un seul tiers de l'héritage paternel. La décomposition du chétif estoc de ceux-ci s'opérait avec d'autant plus de rapidité, qu'ils se mariaient ; et comme la même distribution des deux tiers au tiers existait aussi pour leurs enfants, ces cadets des cadets arrivaient promptement au partage d'un pigeon, d'un lapin, d'une canardière et d'un chien de chasse, bien qu'ils fussent toujours *chevaliers hauts et puissants seigneurs* d'un colombier, d'une crapaudière et d'une garenne. On voit dans les anciennes familles nobles une quantité de cadets ; on les suit pendant deux ou trois générations, puis ils disparaissent, redescendus peu à peu à la charrue ou absorbés par les classes ouvrières, sans qu'on sache ce qu'ils sont devenus.

Le chef de nom et d'armes de ma famille, était, vers le commencement du dix-huitième siècle, Alexis de Chateaubriand, seigneur de la Guérande, fils de Michel, lequel Michel avait un frère, Amaury. Michel était fils de ce Christophe, maintenu dans son extraction des sires de Beaufort et des barons de Chateaubriand, par l'arrêt ci-dessus rapporté. Alexis de la Guérande était veuf; ivrogne décidé, il passait ses jours à boire, vivait dans le désordre avec ses servantes, et mettait les plus beaux titres de sa maison à couvrir des pots de beurre.

En même temps que ce chef de nom et d'armes, existait son cousin François, fils d'Amaury, puîné de Michel. François, né le 19 février 1683, possédait les petites seigneuries des Touches et de la Villeneuve. Il avait épousé, le 27 août 1713, Pétronille-Claude Lamour, dame de Lanjegu, dont il eut quatre fils : François-Henri, René (mon père), Pierre, seigneur du Plessis, et Joseph, seigneur du Parc. Mon grand-père, François, mourut le 28 mars 1729; ma grand'mère, je l'ai connue dans mon enfance, avait encore un beau regard qui souriait dans l'ombre de ses années. Elle habitait, au décès de son mari, le manoir de la Villeneuve, dans les environs de Dinan. Toute la fortune de mon aïeule ne dépassait pas 5,000 livres de rente, dont l'aîné de ses fils emportait les deux tiers, 3,333 livres; restaient 1,666 livres de rente pour les trois cadets, sur laquelle somme l'aîné prélevait encore le préciput.

Pour comble de malheur, ma grand'mère fut contrariée dans ses desseins par le caractère de ses fils : l'aîné, François-Henri, à qui le magnifique héritage de la seigneurie de la Villeneuve était dévolu, refusa de se marier et se fit prêtre; mais au lieu de quêter les bénéfices que son nom lui aurait pu procurer, et avec lesquels il aurait soutenu ses frères, il ne sollicita rien par fierté et par insouciance. Il s'ensevelit dans une cure de campagne et fut successivement recteur de Saint-Launeuc et de Merdrignac, dans le diocèse de Saint-Malo. Il avait la passion de la poésie; j'ai vu bon nombre de ses vers. Le caractère joyeux de cette espèce de noble Rabelais, le culte que ce prêtre chrétien avait voué aux Muses dans un presbytère excitaient la curiosité. Il donnait tout ce qu'il avait et mourut insolvable.

Le quatrième frère de mon père, Joseph, se rendit à Paris et s'enferma dans une bibliothèque : on lui envoyait tous les ans les 416 livres, son lopin de cadet. Il passa inconnu au milieu des livres; il s'occupait de recherches historiques. Pendant sa vie qui fut courte, il écrivait chaque premier de janvier à sa mère, seul signe d'existence qu'il ait jamais donné. Singulière destinée ! Voilà mes deux oncles, l'un érudit et l'autre poëte; mon frère aîné faisait agréablement des vers; une de mes sœurs, madame de Farcy, avait un vrai talent pour la poésie ; une autre de mes sœurs, la comtesse Lucile, chanoinesse, pourrait être connue par quelques pages admirables; moi, j'ai barbouillé force papier. Mon frère a péri sur l'échafaud, mes deux sœurs ont quitté une vie de douleur après avoir langui dans les prisons ; mes deux oncles ne laissèrent pas de quoi payer les quatre planches de leur cercueil; les lettres ont causé mes joies et mes peines, et je ne désespère pas, Dieu aidant, de mourir à l'hôpital.

Ma grand'mère s'étant épuisée pour faire quelque chose de son fils aîné et de son fils cadet, ne pouvait plus rien pour les deux autres, René, mon père, et Pierre, mon oncle. Cette famille, qui avait *semé l'or,* selon sa devise, voyait de sa gentilhommière les riches abbayes qu'elle avait fondées et qui entombaient ses aïeux. Elle avait présidé les états de Bretagne, comme possédant une des neuf baronies; elle avait signé au traité des souverains, servi de caution à Clisson, et elle n'aurait pas eu le crédit d'obtenir une sous-lieutenance pour l'héritier de son nom.

Il restait à la pauvre noblesse bretonne une ressource, la marine royale : on essaya d'en profiter pour mon père ; mais il fallait d'abord se rendre à Brest, y vivre, payer les maîtres, acheter l'uniforme, les armes, les livres, les instruments de mathématiques : comment subvenir à tous ces frais ? Le brevet demandé au ministre de la marine n'arriva point, faute de protecteur pour en solliciter l'expédition : la châtelaine de Villeneuve tomba malade de chagrin.

Alors mon père donna la première marque du caractère décidé que je lui ai connu. Il avait environ quinze ans : s'étant aperçu des inquiétudes de sa mère, il s'approcha du lit où elle était couchée et lui dit : « Je ne veux plus « être un fardeau pour vous. » Sur ce, ma grand'mère se prit à pleurer (j'ai vingt fois entendu mon père raconter cette scène). « René, « répondit-elle, que veux-tu faire ? Laboure ton « champ. — Il ne peut pas nous nourrir ; « laissez-moi partir. — Eh bien, dit la mère, « va donc où Dieu veut que tu ailles. » Elle embrassa l'enfant en sanglottant. Le soir même, mon père quitta la ferme maternelle, arriva à Dinan, où une de nos parentes lui donna une lettre de recommandation pour un habitant de

Saint-Malo. L'aventurier orphelin fut embarqué, comme volontaire, sur une goëlette armée, qui mit à la voile quelques jours après.

La petite république malouine soutenait seule alors sur la mer l'honneur du pavillon français. La goëlette rejoignit la flotte que le cardinal de Fleury envoyait au secours de Stanislas, assiégé dans Dantzick par les Russes. Mon père mit pied à terre et se trouva au mémorable combat que quinze cents Français, commandés par le brave Breton, de Bréhan comte de Plélo, livrèrent, le 29 mai 1734, à quarante mille Moscovites, commandés par Munich. De Bréhan, diplomate, guerrier et poëte, fut tué, et mon père blessé deux fois. Il revint en France et se rembarqua. Naufragé sur les côtes de l'Espagne, des voleurs l'attaquèrent et le dépouillèrent dans la Galice ; il prit passage à Bayonne sur un vaisseau et surgit encore au toit paternel. Son courage et son esprit d'ordre l'avaient fait connaître. Il passa aux Iles ; il s'enrichit dans les colonies et jeta les fondements de la nouvelle fortune de sa famille.

Ma grand'mère confia à son fils René, son fils Pierre, M. de Chateaubriand du Plessis, dont le fils, Armand de Chateaubriand, fut fusillé, par ordre de Bonaparte, le Vendredi-Saint de l'année 1810. Ce fut un des derniers gentilshommes français morts pour la cause de la monarchie [1]. Mon père se chargea du sort de son frère, quoiqu'il eût contracté, par l'habitude de souffrir, une rigueur de caractère qu'il conserva toute sa vie; le *Non ignara mali* n'est pas toujours vrai : le malheur a ses duretés comme ses tendresses.

M. de Chateaubriand était grand et sec; il avait le nez aquilin, les lèvres minces et pâles, les yeux enfoncés, petits et pers ou glauques, comme ceux des lions ou des anciens barbares. Je n'ai jamais vu un pareil regard : quand la colère y montait, la prunelle étincelante semblait se détacher et venir vous frapper comme une balle.

[1] Ceci était écrit en 1811 (Note de 1831, Genève).

Une seule passion dominait mon père, celle de son nom. Son état habituel était une tristesse profonde que l'âge augmenta et un silence dont il ne sortait que par des emportements. Avare dans l'espoir de rendre à sa famille son premier éclat, hautain aux états de Bretagne avec les gentilshommes, dur avec ses vassaux à Combourg, taciturne, despotique et menaçant dans son intérieur, ce qu'on sentait en le voyant, c'était la crainte. S'il eût vécu jusqu'à la Révolution et s'il eût été plus jeune, il aurait joué un rôle important, ou se serait fait massacrer dans son château. Il avait certainement du génie : je ne doute pas qu'à la tête des administrations ou des armées, il n'eût été un homme extraordinaire.

Ce fut en revenant d'Amérique qu'il songea à se marier. Né le 23 septembre 1718, il épousa à trente-cinq ans, le 3 juillet 1753, Apolline-Jeanne-Suzanne de Bedée, née le 7 avril 1726, et fille de messire Ange-Annibal, comte de Bedée, seigneur de la Bouëtardais. Il s'établit avec elle à Saint-Malo, dont ils étaient nés l'un et l'autre à sept ou huit lieues, de sorte qu'ils apercevaient de leur demeure l'horizon sous lequel ils étaient venus au monde. Mon aïeule maternelle, Marie-Anne de Ravenel de Boisteilleul, dame de Bedée, née à Rennes, le 16 octobre 1698, avait été élevée à Saint-Cyr dans les dernières années de madame de Maintenon : son éducation s'était répandue sur ses filles.

Ma mère, douée de beaucoup d'esprit et d'une imagination prodigieuse, avait été formée à la lecture de Fénelon, de Racine, de madame de Sévigné, et nourrie des anecdotes de la cour de Louis XIV ; elle savait tout Cyrus par cœur. Apolline de Bedée, avec de grands traits, était noire, petite et laide ; l'élégance de ses manières, l'allure vive de son humeur contrastaient avec la rigidité et le calme de mon père. Aimant la société autant qu'il aimait la solitude, aussi pétulante et animée qu'il était immobile et froid, elle n'avait pas un goût qui ne fût opposé à ceux de son mari. La contrariété qu'elle éprouva la rendit mélancolique, de légère et gaie qu'elle était. Obligée de se taire quand elle eût voulu parler, elle s'en dédommageait par une espèce de tristesse bruyante entrecoupée de soupirs, qui interrompaient seuls la tristesse muette de mon père. Pour la piété, ma mère était un ange.

La Vallée-aux-Loups, le 31 décembre 1811.

Naissance de mes frères et sœurs. — Je viens au monde.

Ma mère accoucha à Saint-Malo d'un premier garçon qui mourut au berceau, et qui fut nommé Geoffroy, comme presque tous les aînés de ma famille. Ce fils fut suivi d'un autre et de deux filles qui ne vécurent que quelques mois.

Ces quatre enfants périrent d'un épanchement de sang au cerveau. Enfin, ma mère mit au monde un troisième garçon qu'on appela Jean-Baptiste : c'est lui qui, dans la suite, devint le petit-gendre de M. de Malesherbes. Après Jean-Baptiste, naquirent quatre filles : Marie-Anne, Bénigne, Julie et Lucile, toutes quatre d'une rare beauté, et dont les deux aînées ont seules survécu aux orages de la Révolution. La beauté, frivolité sérieuse, reste quand toutes les autres sont passées. Je fus le dernier de ces dix enfants. Il est probable que mes quatre sœurs durent leur existence au désir de mon père d'avoir son nom assuré par l'arrivée d'un second garçon ; je résistais, j'avais aversion pour la vie.

Voici mon extrait de baptême :

« Extrait des registres de l'état civil de la « commune de Saint-Malo pour l'année 1768.

« François-René de Chateaubriand, fils de « René de Chateaubriand et de Pauline-Jeanne « Suzanne de Bedée, son épouse, né le 4 septem- « bre 1768, baptisé le jour suivant par nous,

« Pierre-Henry Nouail, grand-vicaire de l'évê-
« que de Saint-Malo. A été parrain Jean-Baptiste
« de Chateaubriand, son frère, et marraine Fran-
« çoise-Gertrude de Contades, qui signent et
« le père. Ainsi signé au registre : Contades
« de Plouër, Jean-Baptiste de Chateaubriand,
« Brignon de Chateaubriand, de Chateaubriand
« et Nouail, vicaire-général. »

On voit que je m'étais trompé dans mes ouvrages : je me fais naître le 4 octobre et non le 4 septembre ; mes prénoms sont : François-René, et non pas François-*Auguste* [1].

La maison qu'habitaient alors mes parents est située dans une rue sombre et étroite de Saint-Malo, appelée la rue des Juifs : cette maison est aujourd'hui transformée en auberge. La chambre où ma mère accoucha domine une partie déserte des murs de la ville, et à travers les fenêtres de cette chambre on aperçoit

[1] Vingt jours avant moi, le 15 août 1768, naissait dans une autre île, à l'autre extrémité de la France, l'homme qui a mis fin à l'ancienne société, Bonaparte.

une mer qui s'étend à perte de vue, en se brisant sur des écueils. J'eus pour parrain, comme on le voit dans mon extrait de baptême, mon frère, et pour marraine la comtesse de Plouër, fille du maréchal de Contades. J'étais presque mort quand je vins au jour. Le mugissement des vagues, soulevées par une bourrasque annonçant l'équinoxe d'automne, empêchait d'entendre mes cris : on m'a souvent conté ces détails; leur tristesse ne s'est jamais effacée de ma mémoire. Il n'y a pas de jour où, rêvant à ce que j'ai été, je ne revoie en pensée le rocher sur lequel je suis né, la chambre où ma mère m'infligea la vie, la tempête dont le bruit berça mon premier sommeil, le frère infortuné qui me donna un nom que j'ai presque toujours traîné dans le malheur. Le Ciel sembla réunir ces diverses circonstances pour placer dans mon berceau une image de mes destinées.

Vallée-aux-Loups, janvier 1812.

Plancouët. — Vœu. — Combourg. — Plan de mon père pour mon éducation. — La Villeneuve. — Lucile. — Mesdemoiselles Couppart. — Mauvais écolier que je suis.

En sortant du sein de ma mère, je subis mon premier exil ; on me relégua à Plancouët, joli village situé entre Dinan, Saint-Malo et Lamballe. L'unique frère de ma mère, le comte de Bedée, avait bâti près de ce village le château de *Monchoix*. Les biens de mon aïeule maternelle s'étendaient dans les environs jusqu'au bourg de Corseul, les *Curiosolites* des Commentaires de César. Ma grand'mère, veuve depuis longtemps, habitait avec sa sœur, mademoiselle de Boisteilleul, un hameau séparé de Plancouët par un pont, et qu'on appelait l'Abbaye, à cause d'une abbaye de Bénédictins, consacrée à Notre-Dame de Nazareth.

Ma nourrice se trouva stérile; une autre pauvre chrétienne me prit à son sein. Elle me voua à la patronne du hameau, Notre-Dame de Nazareth, et lui promit que je porterais en son honneur, le bleu et le blanc jusqu'à l'âge de sept ans. Je n'avais vécu que quelques heures, et la pesanteur du temps était déjà marquée sur mon front. Que ne me laissait-on mourir? Il entrait dans les conseils de Dieu d'accorder au vœu de l'obscurité et de l'innocence la conservation des jours qu'une vaine renommée menaçait d'atteindre.

Ce vœu de la paysanne bretonne n'est plus de ce siècle: c'était toutefois une chose touchante que l'intervention d'une Mère divine placée entre l'enfant et le ciel, et partageant les sollicitudes de la mère terrestre.

Au bout de trois ans on me ramena à Saint-Malo ; il y en avait déjà sept que mon père avait recouvré la terre de Combourg. Il désirait rentrer dans les biens où ses ancêtres avaient passé; ne pouvant traiter ni pour la seigneurie de Beaufort, échue à la famille de Goyon, ni pour la baronie de Chateaubriand, tombée dans la maison de Condé, il tourna les yeux sur Combourg que Froissart écrit *Combour*: plusieurs branches de ma famille l'avaient possédé par des mariages avec les Coëtquen. Combourg défendait la Bretagne dans les marches normande et anglaise : Junken, évêque de Dol, le bâtit en 1016 ; la grande tour date de 1100. Le maréchal de Duras, qui tenait Combourg de sa femme, Maclovie de Coëtquen, née d'une Chateaubriand, s'arrangea avec mon père. Le marquis du Hallay, officier aux grenadiers à cheval de la garde royale, peut-être trop connu par sa bravoure, est le dernier des Coëtquen-Chateaubriand : M. du Hallay a un frère. Le même maréchal de Duras, en qualité de notre allié, nous présenta dans la suite à Louis XVI, mon frère et moi.

Je fus destiné à la marine royale : l'éloignement pour la cour était naturel à tout Breton, et particulièrement à mon père. L'aristocratie de nos États fortifiait en lui ce sentiment.

Quand je fus rapporté à Saint-Malo, mon père était à Combourg, mon frère au collége de Saint-Brieuc; mes quatre sœurs vivaient auprès de ma mère.

Toutes les affections de celle-ci s'étaient concentrées dans son fils aîné; non qu'elle ne chérît ses autres enfants, mais elle témoignait une préférence aveugle au jeune comte de Combourg. J'avais bien, il est vrai, comme garçon, comme le dernier venu, comme *le chevalier* (ainsi m'appelait-on), quelques priviléges sur mes sœurs; mais en définitive, j'étais abandonné aux mains des gens. Ma mère d'ailleurs, pleine d'esprit et de vertu, était préoccupée par les soins de la société et les devoirs de la religion. La comtesse de Plouër, ma marraine, était son intime amie; elle voyait aussi les parents de Maupertuis et de l'abbé Trublet. Elle aimait la politique, le bruit, le monde: car on faisait de la politique à Saint-Malo, comme les moines de Saba dans le ravin du Cédron; elle se jeta avec ardeur dans l'affaire La Chalotais. Elle rapportait chez elle une humeur grondeuse, une imagination distraite, un esprit de parcimonie, qui nous empêchèrent d'abord de reconnaître ses admirables qualités. Avec de l'ordre, ses enfants étaient tenus sans ordre; avec de la générosité, elle avait l'apparence de l'avarice; avec de la douceur d'âme, elle grondait toujours: mon père était la terreur des domestiques, ma mère le fléau.

De ce caractère de mes parents sont nés les premiers sentiments de ma vie. Je m'attachai à la femme qui prit soin de moi, excellente créature appelée *la Villeneuve*, dont j'écris le nom avec un mouvement de reconnaissance et les larmes aux yeux. La Villeneuve était une espèce de surintendante de la maison, me portant dans ses bras, me donnant, à la dérobée, tout ce qu'elle pouvait trouver, essuyant mes pleurs, m'embrassant, me jetant dans un coin, me reprenant et marmottant toujours : « C'est « celui-là, qui ne sera pas fier ! qui a bon « cœur ! qui ne rebute point les pauvres gens ! « Tiens, petit garçon ; » et elle me bourrait de vin et de sucre.

Mes sympathies d'enfant pour la Villeneuve furent bientôt dominées par une amitié plus digne.

Lucile, la quatrième de mes sœurs, avait deux ans plus que moi. Cadette délaissée, sa parure ne se composait que de la dépouille de ses sœurs. Qu'on se figure une petite fille maigre, trop grande pour son âge, bras dégingandés, air timide, parlant avec difficulté et ne pouvant rien apprendre ; qu'on lui mette une robe empruntée à une autre taille que la sienne ; renfermez sa poitrine dans un corps piqué dont les pointes lui faisaient des plaies aux côtés ; soutenez son cou par un collier de fer garni de velours brun ; retroussez ses cheveux sur le haut de sa tête, rattachez-les avec une toque d'étoffe noire ; et vous verrez la misérable créature qui me frappa en rentrant sous le toit paternel. Personne n'aurait soupçonné dans la chétive Lucile, les talents et la beauté qui devaient un jour briller en elle.

Elle me fut livrée comme un jouet ; je n'abusai point de mon pouvoir ; au lieu de la soumettre à mes volontés, je devins son défenseur. On me conduisait tous les matins avec elle chez les sœurs Couppart, deux vieilles bossues habillées de noir, qui montraient à lire aux enfants. Lucile lisait fort mal ; je lisais encore plus mal. On la grondait ; je griffais les sœurs : grandes plaintes portées à ma mère. Je commençais à passer pour un vaurien, un révolté, un paresseux, un âne enfin. Ces idées entraient dans la tête de mes parents : mon père disait que tous les chevaliers de Chateaubriand avaient été des fouetteurs de lièvres, des ivrognes et des querelleurs. Ma mère soupirait et grognait en voyant le désordre de ma jaquette. Tout enfant que j'étais, le propos de mon père me révoltait ; quand ma mère couronnait ses remontrances par l'éloge de mon frère qu'elle appelait un Caton, un héros, je me sentais disposé à faire tout le mal qu'on semblait attendre de moi.

Mon maître d'écriture, M. Després, à perruque de matelot, n'était pas plus content de moi que mes parents ; il me faisait copier éternellement, d'après un exemple de sa façon, ces deux vers que j'ai pris en horreur, non à cause de la faute de langue qui s'y trouve :

C'est à vous mon esprit à qui je veux parler :
Vous avez des défauts que je ne puis celer.

Il accompagnait ses réprimandes de coups de poing qu'il me donnait dans le cou, en m'appelant *tête d'achôcre;* voulait-il dire *achore*[1]? Je ne sais pas ce que c'est qu'une tête d'*achôcre,* mais je la tiens pour effroyable.

Saint-Malo n'est qu'un rocher. S'élevant autrefois au milieu d'un marais salant, il devint une île par l'irruption de la mer qui, en 709, creusa le golfe et mit le mont Saint-Michel au milieu des flots. Aujourd'hui, le rocher de Saint-Malo ne tient à la terre ferme que par une chaussée appelée poétiquement le Sillon. Le Sillon est assailli d'un côté par la pleine mer, de l'autre est lavé par le flux qui tourne pour entrer dans le port. Une tempête le détruisit presque entièrement en 1730. Pendant les heures de reflux, le port reste à sec, et à la bordure est et nord de la mer, se découvre une grève du plus beau sable. On peut faire alors le tour de mon nid paternel. Auprès et au loin, sont semés des rochers, des forts, des îlots inhabités; le Fort-Royal, la Conchée, Cézembre et le Grand-Bé, où sera mon tombeau; j'avais

[1] Ἀχώρ, *gourme.*

bien choisi sans le savoir : *be,* en breton, signifie *tombe.*

Au bout du Sillon, planté d'un calvaire, on trouve une butte de sable au bord de la grande mer. Cette butte s'appelle la Hoguette ; elle est surmontée d'un vieux gibet : les piliers nous servaient à jouer aux quatre coins ; nous les disputions aux oiseaux de rivage. Ce n'était cependant pas sans une sorte de terreur que nous nous arrêtions dans ce lieu.

Là, se rencontrent aussi les *Miels,* dunes où pâturaient les moutons ; à droite sont des prairies au bas du Paramé, le chemin de poste de Saint-Servan, le cimetière neuf, un calvaire et des moulins sur des buttes, comme ceux qui s'élèvent sur le tombeau d'Achille à l'entrée de l'Hellespont.

Vie de ma grand'mère maternelle et de sa sœur, à Plancouët. — Mon oncle le comte de Bedée, à Monchoix. — Relèvement du vœu de ma nourrice.

Je touchais à ma septième année; ma mère me conduisit à Plancouët, afin d'être relevé du vœu de ma nourrice; nous descendîmes chez ma grand'mère. Si j'ai vu le bonheur, c'était certainement dans cette maison.

Ma grand'mère occupait, dans la rue du Hameau de l'Abbaye, une maison dont les jardins descendaient en terrasse sur un vallon, au fond duquel on trouvait une fontaine entourée de saules. Madame de Bedée ne marchait plus, mais à cela près, elle n'avait aucun des inconvénients de son âge : c'était une agréable vieille, grasse, blanche, propre, l'air grand, les manières belles et nobles, portant des robes à plis à l'antique et une coiffe noire de dentelle, nouée sous le menton. Elle avait l'esprit orné, la conversation grave, l'humeur sérieuse. Elle était soignée par sa sœur, mademoiselle de Boisteilleul, qui ne lui ressemblait que par la bonté. Celle-ci était une petite personne maigre, enjouée, causeuse, railleuse. Elle avait aimé un comte de Trémigon, lequel comte ayant dû l'épouser, avait ensuite violé sa promesse. Ma tante s'était consolée en célébrant ses amours, car elle était poëte. Je me souviens de l'avoir souvent entendue chantonner en nasillant, lunettes sur le nez, tandis qu'elle brodait pour sa sœur des manchettes à deux rangs, un apologue qui commençait ainsi :

Un épervier aimait une fauvette
Et, ce dit-on, il en était aimé.

ce qui m'a paru toujours singulier pour un épervier. La chanson finissait par ce refrain :

Ah ! Trémigon, la fable est-elle obscure ?
Ture lure.

Que de choses dans le monde finissent comme les amours de ma tante, ture lure !

Ma grand'mère se reposait sur sa sœur des soins de la maison. Elle dînait à onze heures du matin, faisait la sieste ; à une heure elle se réveillait ; on la portait au bas des terrasses du jardin, sous les saules de la fontaine, où elle tricotait, entourée de sa sœur, de ses enfants et petits-enfants. En ce temps là, la vieillesse était une dignité ; aujourd'hui elle est une charge. A quatre heures, on reportait ma grand'mère dans son salon ; Pierre, le domestique, mettait une table de jeu ; mademoiselle de Boisteilleul frappait avec les pincettes contre la plaque de la cheminée, et quelques instants après, on voyait entrer trois autres vieilles filles qui sortaient de la maison voisine à l'appel de ma tante. Ces trois sœurs se nommaient les demoiselles Vildéneux ; filles d'un pauvre gentilhomme, au lieu de partager son mince héritage, elles en avaient joui en commun, ne s'étaient jamais quittées, n'étaient jamais sorties de leur village paternel. Liées depuis leur enfance avec ma grand'mère, elles logeaient à sa porte et venaient tous les jours, au signal convenu dans la cheminée, faire la partie de quadrille de leur amie. Le jeu commençait ; les bonnes dames se querellaient : c'était le seul événement de leur vie, le seul moment où l'égalité de leur humeur fût altérée. A huit heures, le souper ramenait la sérénité. Souvent mon oncle de Bedée, avec son fils et ses trois filles, assistait au souper de l'aïeule. Celle-ci faisait mille récits du vieux temps ; mon oncle, à son tour, racontait la bataille de Fontenoy, où il s'était trouvé, et couronnait ses vanteries par des histoires un peu franches qui faisaient pâmer de rire les honnêtes demoiselles. A neuf heures, le souper fini, les domestiques entraient; on se mettait à genoux, et mademoiselle de Boisteilleul disait à haute voix la prière. A dix heures, tout dormait dans la maison, excepté ma grand'mère, qui se faisait faire la lecture par sa femme de chambre jusqu'à une heure du matin.

Cette société, que j'ai remarquée la première dans ma vie, est aussi la première qui ait disparu à mes yeux. J'ai vu la mort entrer sous ce toit de paix et de bénédiction, le rendre peu à peu solitaire, fermer une chambre et puis une autre qui ne se rouvrait plus. J'ai vu ma grand'mère forcée de renoncer à son quadrille, faute des partners accoutumés; j'ai vu diminuer le nombre de ces constantes amies, jusqu'au jour où mon aïeule tomba la dernière. Elle et sa sœur s'étaient promis de s'entre-appeler aussitôt que l'une aurait devancé l'autre; elles se tinrent parole, et madame de

Bedée ne survécut que peu de mois à mademoiselle de Boisteilleul. Je suis peut-être le seul homme au monde qui sache que ces personnes ont existé. Vingt fois, depuis cette époque, j'ai fait la même observation ; vingt fois des sociétés se sont formées et dissoutes autour de moi. Cette impossibilité de durée et de longueur dans les liaisons humaines, cet oubli profond qui nous suit, cet invincible silence qui s'empare de notre tombe et s'étend de là sur notre maison, me ramènent sans cesse à la nécessité de l'isolement. Toute main est bonne pour nous donner le verre d'eau dont nous pouvons avoir besoin dans la fièvre de la mort. Ah! qu'elle ne nous soit pas trop chère! car comment abandonner sans désespoir la main que l'on a couverte de baisers et que l'on voudrait tenir éternellement sur son cœur?

Le château du comte de Bedée était situé à une lieue de Plancouët, dans une position élevée et riante. Tout y respirait la joie; l'hilarité de mon oncle était inépuisable. Il avait trois filles, Caroline, Marie et Flore, et un fils, le comte de la Bouëtardais, conseiller au Parlement, qui partageaient son épanouissement de cœur. Monchoix était rempli des cousins du voisinage; on faisait de la musique, on dansait, on chassait, on était en liesse du matin au soir. Ma tante, madame de Bedée, qui voyait mon oncle manger gaiement son fonds et son revenu, se fâchait assez justement; mais on ne l'écoutait pas, et sa mauvaise humeur augmentait la bonne humeur de sa famille; d'autant que ma tante était elle-même sujette à bien des manies : elle avait toujours un grand chien de chasse hargneux couché dans son giron, et à sa suite un sanglier privé qui remplissait le château de ses grognements. Quand j'arrivais de la maison paternelle, si sombre et si silencieuse, à cette maison de fêtes et de bruit, je me trouvais dans un véritable paradis. Ce contraste devint plus frappant, lorsque ma famille fut fixée à la campagne : passer de Combourg à Monchoix, c'était passer du désert dans le monde, du donjon d'un baron du moyen âge à la villa d'un prince romain.

Le jour de l'Ascension de l'année 1775, je partis de chez ma grand'mère, avec ma mère, ma tante de Boisteilleul, mon oncle de Bedée et ses enfants, ma nourrice et mon frère de lait, pour Notre-Dame de Nazareth. J'avais une lévite blanche, des souliers, des gants, un chapeau blancs, et une ceinture de soie bleue. Nous montâmes à l'Abbaye à dix heures du matin. Le couvent, placé au bord du chemin, s'envieillissait d'un quinconce d'ormes du temps de Jean V de Bretagne. Du quinconce, on entrait dans le cimetière : le chrétien ne parvenait à l'église qu'à travers la région des sépulcres : c'est par la mort qu'on arrive à la présence de Dieu.

Déjà les religieux occupaient les stalles; l'autel était illuminé d'une multitude de cierges; des lampes descendaient des différentes voûtes : il y a dans les édifices gothiques des lointains et comme des horizons successifs. Les massiers me vinrent prendre à la porte, en cérémonie, et me conduisirent dans le chœur. On y avait préparé trois siéges : je me plaçai dans celui du milieu ; ma nourrice se mit à ma gauche ; mon frère de lait à ma droite.

La messe commença : à l'offertoire, le célébrant se tourna vers moi et lut des prières ; après quoi on m'ôta mes habits blancs, qui furent attachés en *ex-voto* au-dessous d'une image de la Vierge. On me revêtit d'un habit couleur violette. Le prieur prononça un discours sur l'efficacité des vœux ; il rappela l'histoire du baron de Chateaubriand, passé dans l'Orient avec saint Louis ; il me dit que je visiterais peut-être aussi, dans la Palestine, cette Vierge de Nazareth, à qui je devais la vie par l'intercession des prières du pauvre, toujours puissantes auprès de Dieu. Ce moine, qui me racontait l'histoire de ma famille, comme le grand-père de Dante lui faisait l'histoire de ses aïeux, aurait pu aussi, comme

Cacciaguida, y joindre la prédiction de mon exil.

Tu proverai sì come sà di sale
Il pane altrui, e com'è duro calle
Lo scendere e'l salir per l'altrui scale.
E quel che più ti graverà le spalle,
Sarà la compagnia malvagia e scempia,
Con la qual tu cadrai in questa valle;
Che tutta ingrata, tutta matta ed empia
Si farà contra te. . . . . . .
. . . .
Di sua bestialitate il suo processo
Sarà la pruova : sì ch'a te fia bello
Averti fatta parte, per te stesso.

« Tu sauras combien le pain d'autrui a le « goût du sel, combien est dur le degré du « monter et du descendre de l'escalier d'au- « trui. Et ce qui pèsera encore davantage sur « tes épaules, sera la compagnie mauvaise et « insensée avec laquelle tu tomberas et qui « toute ingrate, toute folle, toute impie, se « tournera contre toi. . . . .

« . . . .

« . . . .

« De sa stupidité sa conduite fera preuve ; tant

« qu'à toi il sera beau de t'être fait un parti de « toi-même. »

Depuis l'exhortation du bénédictin, j'ai toujours rêvé le pèlerinage de Jérusalem, et j'ai fini par l'accomplir.

J'ai été consacré à la religion, la dépouille de mon innocence a reposé sur ses autels : ce ne sont pas mes vêtements qu'il faudrait suspendre aujourd'hui à ses temples, ce sont mes misères.

On me ramena à Saint-Malo. Saint-Malo n'est point l'Aleth de la *notitia imperii :* Aleth était mieux placée par les Romains dans le faubourg Saint-Servan, au port militaire appelé *Solidor,* à l'embouchure de la Rance. En face d'Aleth, était un rocher, *est in conspectu Tenedos,* non le refuge des perfides Grecs, mais la retraite de l'hermite Aaron, qui, l'an 507, établit dans cette île sa demeure; c'est la date de la victoire de Clovis sur Alaric ; l'un fonda un petit couvent, l'autre une grande monarchie, édifices également tombés.

Malo, en latin *Maclovius, Macutus, Machutes,* devenu en 541 évêque d'Aleth, attiré qu'il fut par la renommée d'Aaron, le visita. Chapelain de l'oratoire de cet hermite, après la mort du saint, il éleva une église cénobiale, *in prædio Machutis*. Ce nom de Malo se communiqua à l'île, et ensuite à la ville *Maclovium, Maclopolis*.

De saint Malo, premier évêque d'Aleth, au bienheureux Jean surnommé *de la Grille*, sacré en 1140 et qui fit élever la cathédrale, on compte quarante-cinq évêques. Aleth étant déjà presque entièrement abandonnée, Jean de la Grille transféra le siège épiscopal de la ville romaine dans la ville bretonne qui croissait sur le rocher d'Aaron.

Saint-Malo eut beaucoup à souffrir dans les guerres qui survinrent entre les rois de France et d'Angleterre.

Le comte de Richemont, depuis Henry VII d'Angleterre, en qui se terminèrent les démêlés de la Rose blanche et de la Rose rouge, fut conduit à Saint-Malo. Livré par le duc de Bretagne aux ambassadeurs de Richard, ceux-ci l'emmenaient à Londres pour le faire mourir. Échappé à ses gardes, il se réfugia dans la cathédrale, *Asylum quod in eâ urbe est inviolatissimum* : ce droit d'asile remontait aux Druides, premiers prêtres de l'île d'Aaron.

Un évêque de Saint-Malo fut l'un des trois favoris (les deux autres étaient Arthur de Montauban et Jean Hingaut) qui perdirent l'infortuné Gilles de Bretagne : c'est ce qu'on voit dans l'*Histoire lamentable de Gilles, seigneur de Chateaubriand et de Chantocé, prince du sang de France et de Bretagne, étranglé en prison par les ministres du favori, le 24 avril 1450.*

Il y a une belle capitulation entre Henri IV et Saint-Malo : la ville traite de puissance à puissance, protége ceux qui se sont réfugiés dans ses murs, et demeure libre, par une ordonnance de Philibert de la Guiche, grand-maître de l'artillerie de France, de faire fondre cent pièces de canon. Rien ne ressemblait davantage à Venise (au soleil et aux arts près) que cette petite républiqne malouine par sa religion, ses richesses et sa chevalerie de mer. Elle appuya l'expédition de Charles-Quint en Afrique et secourut Louis XIII devant La Rochelle. Elle promenait son pavillon sur tous les flots, entretenait des relations avec Moka, Surate, Pondichéry, et une compagnie formée dans son sein explorait la mer du Sud.

A compter du règne de Henri IV, ma ville natale se distingua par son dévouement et sa fidélité à la France. Les Anglais la bombardèrent en 1693; ils y lancèrent, le 29 novembre de cette année, une machine infernale, dans les débris de laquelle j'ai souvent joué avec mes camarades. Ils la bombardèrent de nouveau en 1758.

Les Malouins prêtèrent des sommes considérables à Louis XIV pendant la guerre de 1701 : en reconnaissance de ce service, il leur confirma le privilége de se garder eux-mêmes; il voulut que l'équipage du premier vaisseau de la marine royale fût exclusivement composé de matelots de Saint-Malo et de son territoire.

En 1771, les Malouins renouvelèrent leur sacrifice et prêtèrent trente millions à Louis XV. Le fameux amiral Anson descendit à Cancale, en 1758, et brûla Saint-Servan. Dans le château de Saint-Malo, La Chalotais écrivit sur du linge, avec un cure-dents, de l'eau et de la suie, les mémoires qui firent tant de bruit et dont personne ne se souvient. Les événements effacent les événements ; inscriptions gravées sur d'autres inscriptions, ils font des pages de l'histoire des palimpsestes.

Saint-Malo fournissait les meilleurs matelots de notre marine; on peut en voir le rôle général dans le volume in-fol., publié en 1682, sous ce titre : *Rôle général des officiers, mariniers et matelots de Saint-Malo*. Il y a une *Coutume de Saint-Malo*, imprimée dans le recueil du Coutumier général. Les archives de la ville sont assez riches en chartes utiles à l'histoire et au droit maritime.

Saint-Malo est la patrie de Jacques Cartier, le Christophe Colomb de la France, qui découvrit le Canada. Les Malouins ont encore signalé à l'autre extrémité de l'Amérique les îles qui portent leur nom : *Iles Malouines.*

Saint-Malo est la ville natale de Duguay-Trouin, l'un des plus grands hommes de mer qui aient paru ; et de nos jours, elle a donné à la France Surcouf. Le célèbre Mahé de la Bourdonnaie, gouverneur de l'Ile-de-France, naquit à Saint-Malo, de même que Lamettrie, Maupertuis, l'abbé Trublet, dont Voltaire a ri : tout cela n'est pas trop mal pour une enceinte qui n'égale pas celle du jardin des Tuileries.

L'abbé de Lamennais a laissé loin derrière lui ces petites illustrations littéraires de ma patrie : Broussais est également né à Saint-Malo, ainsi que mon noble ami, le comte de La Ferronnays.

Enfin, pour ne rien omettre, je rappellerai

les dogues qui formaient la garnison de Saint-Malo : ils descendaient de ces chiens fameux, enfants de régiment dans les Gaules, et qui, selon Strabon, livraient avec leurs maîtres des batailles rangées aux Romains. Albert le Grand, religieux de l'ordre de saint Dominique, auteur aussi grave que le géographe grec, déclare qu'à Saint-Malo « la garde d'une place si im-« portante était commise toutes les nuits à la « fidélité de certains dogues qui faisaient bonne « et sûre patrouille. » Ils furent condamnés à la peine capitale pour avoir eu le malheur de manger inconsidérément les jambes d'un gentilhomme ; ce qui a donné lieu de nos jours à la chanson : *Bon voyage*. On se moque de tout. On emprisonna les criminels ; l'un d'eux refusa de prendre la nourriture des mains de son gardien qui pleurait ; le noble animal se laissa mourir de faim : les chiens, comme les hommes, sont punis de leur fidélité. Au surplus, le Capitole était, de même que ma Délos, gardé par des chiens, lesquels n'aboyaient pas lorsque Scipion l'Africain venait à l'aube faire sa prière.

Enclos de murs de diverses époques qui se divisent en *grands* et *petits*, et sur lesquels on se promène, Saint-Malo est encore défendu par le château dont j'ai parlé, et qu'augmenta de tours, de bastions et de fossés, la duchesse Anne. Vu du dehors, la cité insulaire ressemble à une citadelle de granit.

C'est sur la grève de la pleine mer, entre le château et le Fort Royal, que se rassemblent les enfants ; c'est là que j'ai été élevé, compagnon des flots et des vents. Un des premiers plaisirs que j'aie goûtés était de lutter contre les orages, de me jouer avec les vagues qui se retiraient devant moi, ou couraient après moi sur la rive. Un autre divertissement était de construire avec l'arène de la plage, des monuments que mes camarades appelaient des *fours*. Depuis cette époque, j'ai souvent vu bâtir pour l'éternité des châteaux plus vite écroulés que mes palais de sable.

Mon sort étant irrévocablement fixé, on me livra à une enfance oisive. Quelques notions de dessin, de langue anglaise, d'hydrographie et de mathématiques, parurent plus que suffisantes à l'éducation d'un garçonnet destiné d'avance à la rude vie d'un marin.

Je croissais sans étude dans ma famille ; nous n'habitions plus la maison où j'étais né : ma mère occupait un hôtel, place Saint-Vincent, presqu'en face de la porte qui communique au Sillon. Les polissons de la ville étaient devenus mes plus chers amis : j'en remplissais la cour et les escaliers de la maison. Je leur ressemblais en tout ; je parlais leur langage ; j'avais leur façon et leur allure ; j'étais vêtu comme eux, déboutonné et débraillé comme eux ; mes chemises tombaient en loques ; je n'avais jamais une paire de bas qui ne fût largement trouée ; je traînais de méchants souliers éculés, qui sortaient à chaque pas de mes pieds ; je perdais souvent mon chapeau et quelquefois mon habit. J'avais le visage barbouillé, égratigné, meurtri, les mains noires. Ma figure était si étrange, que ma mère, au milieu de sa colère, ne se pouvait empêcher de rire et de s'écrier : « Qu'il est laid ! »

J'aimais pourtant et j'ai toujours aimé la propreté, même l'élégance. La nuit, j'essayais de raccommoder mes lambeaux ; la bonne Villeneuve et ma Lucile m'aidaient à réparer ma toilette, afin de m'épargner des pénitences et des gronderies ; mais leur rapiécetage ne servait qu'à rendre mon accoutrement plus bizarre. J'étais surtout désolé, quand je paraissais déguenillé au milieu des enfants, fiers de leurs habits neufs et de leur braverie.

Mes compatriotes avaient quelque chose d'étranger, qui rappelait l'Espagne. Des familles malouines étaient établies à Cadix; des familles de Cadix résidaient à Saint-Malo. La position insulaire, la chaussée, l'architecture, les maisons, les citernes, les murailles de granit de Saint-Malo, lui donnent un air de ressemblance avec Cadix : quand j'ai vu la dernière ville, je me suis souvenu de la première.

Enfermés le soir sous la même clef dans leur cité, les Malouins ne composaient qu'une famille. Les mœurs étaient si candides que de jeunes femmes qui faisaient venir des rubans et des gazes de Paris, passaient pour des mondaines dont leurs compagnes effarouchées se séparaient. Une faiblesse était une chose inouïe : une comtesse d'Abbeville ayant été soupçonnée, il en résulta une complainte que l'on chantait en se signant. Cependant le poëte, fidèle, malgré lui, aux traditions des troubadours, prenait parti contre le mari qu'il appelait un *monstre barbare.*

Certains jours de l'année, les habitants de la ville et de la campagne se rencontraient à des foires appelées *assemblées*, qui se tenaient dans les îles et sur des forts autour de Saint-Malo ; ils s'y rendaient à pied quand la mer était basse, en bateau lorsqu'elle était haute. La multitude de matelots et de paysans ; les charrettes entoilées; les caravanes de chevaux, d'ânes et de mulets; le concours des marchands; les tentes plantées sur le rivage; les processions de moines et de confréries qui serpentaient avec leurs bannières et leurs croix au milieu de la foule; les chaloupes allant et venant à la rame ou à la voile; les vaisseaux entrant au port, ou mouillant en rade; les salves d'artillerie, le branle des cloches, tout contribuait à répandre dans ces réunions le bruit, le mouvement et la variété.

J'étais le seul témoin de ces fêtes qui n'en partageât pas la joie. J'y paraissais sans argent pour acheter des jouets et des gâteaux. Evitant le mépris qui s'attache à la mauvaise fortune, je m'asseyais loin de la foule, auprès de ces flaques d'eau que la mer entretient et renouvelle dans les concavités des rochers. Là, je m'amusais à voir voler les pingouins et les mouettes, à béer aux lointains bleuâtres, à ramasser des coquillages, à écouter le refrain des vagues parmi les écueils. Le soir au logis, je n'étais guère plus heureux; j'avais une répugnance pour certains mets : on me forçait d'en manger. J'implorais des yeux La France qui m'enlevait adroitement mon assiette, quand mon père tournait la tête. Pour le feu, même rigueur : il ne m'était pas permis d'approcher de la cheminée. Il y a loin de ces parents sévères aux gâte-enfants d'aujourd'hui.

Mais si j'avais des peines qui sont inconnues de l'enfance nouvelle, j'avais aussi quelques plaisirs qu'elle ignore.

On ne sait plus ce que c'est que ces solennités de religion et de famille où la patrie entière et le Dieu de cette patrie avaient l'air de se réjouir ; Noël, le premier de l'an, les Rois, Pâques, la Pentecôte, la Saint-Jean étaient pour moi des jours de prospérité. Peut-être l'influence de mon rocher natal a-t-elle agi sur mes sentiments et sur mes études. Dès l'année 1015, les Malouins firent vœu d'aller aider à bâtir de leurs *mains et de leurs moyens* les clochers de la cathédrale de Chartres : n'ai-je pas aussi travaillé de mes mains à relever la flèche abattue de la vieille basilique chrétienne? « Le soleil, dit le père Maunoir, n'a jamais « éclairé canton où ait paru une plus constante « et invariable fidélité dans la vraie foi, que la « Bretagne. Il y a treize siècles, qu'aucune in-« fidélité n'a souillé la langue qui a servi « d'organe pour prêcher Jésus-Christ, et il est à « naître qui ait vu Breton bretonnant prêcher « autre religion que la catholique. »

Durant les jours de fête que je viens de rappeler, j'étais conduit en station avec mes sœurs aux divers sanctuaires de la ville, à la chapelle de Saint-Aaron, au couvent de la Victoire; mon oreille était frappée de la douce voix de quelques femmes invisibles : l'harmonie de leurs cantiques se mêlait aux mugissements des flots. Lorsque, dans l'hiver, à l'heure du salut, la cathédrale se remplissait de la foule; que de vieux matelots à genoux, de jeunes femmes et des enfants lisaient, avec de petites bougies, dans leurs heures; que la multitude, au moment de la bénédiction, répétait en chœur le *Tantum ergo ;* que dans l'intervalle de ces chants, les rafales de Noël frôlaient les vitraux de la basilique, ébranlaient les voûtes de cette nef que fit résonner la mâle poitrine de Jacques Cartier et de Duguay-Trouin, j'éprouvais un sentiment extraordinaire de religion. Je n'avais pas besoin que la Villeneuve me dît de joindre les mains pour invoquer Dieu par tous les noms que ma mère m'avait appris ; je voyais les cieux ouverts, les anges offrant notre encens et nos vœux ; je courbais mon front : il n'était point encore chargé de ces ennuis qui pèsent si horriblement sur nous, qu'on est tenté de ne plus relever la tête lorsqu'on l'a inclinée au pied des autels.

Tel marin, au sortir de ces pompes, s'embarquait tout fortifié contre la nuit, tandis que tel autre rentrait au port en se dirigeant sur le dôme éclairé de l'église : ainsi la religion et les périls étaient continuellement en présence, et leurs images se présentaient inséparables à ma pensée. A peine étais-je né, que j'ouïs parler de mourir : le soir, un homme allait avec une sonnette de rue en rue, avertissant les chrétiens de prier pour un de leurs frères décédé. Presque tous les ans, des vaisseaux se perdaient sous mes yeux, et, lorsque je m'ébattais le long des grèves, la mer roulait à mes pieds les cadavres d'hommes étrangers, expirés loin de leur patrie. Madame de Chateaubriand me disait, comme sainte Monique disait à son fils : *Nihil longe est a Deo :* « Rien « n'est loin de Dieu. » On avait confié mon éducation à la Providence : elle ne m'épargnait pas les leçons.

Voué à la Vierge, je connaissais et j'aimais ma protectrice que je confondais avec mon ange gardien : son image, qui avait coûté un demi-sou à la bonne Villeneuve, était attachée, avec quatre épingles, à la tête de mon lit. J'aurais dû vivre dans ces temps où l'on disait à Marie : « Doulce Dame du ciel et de la terre, « mère de pitié, fontaine de tous biens, qui « portastes Jésus-Christ en vos prétieulx flancz,

« belle très-doulce Dame, je vous mercye et « vous prye. »

La première chose que j'ai sue par cœur, est un cantique de matelot commençant ainsi :

Je mets ma confiance,
Vierge, en votre secours ;
Servez-moi de défense,
Prenez soin de mes jours ;
Et quand ma dernière heure
Viendra finir mon sort,
Obtenez que je meure
De la plus sainte mort.

J'ai entendu depuis chanter ce cantique dans un naufrage. Je répète encore aujourd'hui ces méchantes rimes avec autant de plaisir que des vers d'Homère ; une madone coiffée d'une couronne gothique, vêtue d'une robe de soie bleue, garnie d'une frange d'argent, m'inspire plus de dévotion qu'une vierge de Raphael.

Du moins, si cette pacifique *Étoile des mers* avait pu calmer les troubles de ma vie ! mais je devais être agité, même dans mon enfance ; comme le dattier de l'Arabe, à peine ma tige était sortie du rocher qu'elle fut battue du vent.

La Vallée-aux-Loups, juin 1812.

Gesril. — Hervine Magon. — Combat contre les deux mousses.

J'ai dit que ma révolte prématurée contre les maîtresses de Lucile commença ma mauvaise renommée; un camarade l'acheva.

Mon oncle, M. de Chateaubriand du Plessis, établi à Saint-Malo comme son frère, avait, comme lui, quatre filles et deux garçons. De mes deux cousins (Pierre et Armand), qui formaient d'abord ma société, Pierre devint page de la Reine, Armand fut envoyé au collége comme destiné à l'état ecclésiastique. Pierre au sortir des pages, entra dans la marine et se noya à la côte d'Afrique. Armand, longtemps enfermé au collége, quitta la France en 1790, servit pendant toute l'émigration, fit intrépidemment dans une chaloupe vingt voyages à la côte de Bretagne, et vint enfin mourir pour le Roi à la plaine de Grenelle, le Vendredi-Saint de l'année 1810, ainsi que je l'ai déjà dit, et que je le répéterai encore en racontant sa catastrophe [1].

Privé de la société de mes deux cousins, je la remplaçai par une liaison nouvelle.

Au second étage de l'hôtel que nous ha-

[1] Il a laissé un fils, Frédéric, que je plaçai d'abord dans les gardes de *Monsieur*, et qui entra depuis dans un régiment de cuirassiers. Il a épousé, à Nancy, mademoiselle de Gastaldi, dont il a deux fils, et s'est retiré du service. La sœur aînée d'Armand, ma cousine, est, depuis longues années, supérieure des religieuses Trappistes. (Note de 1831, Genève).

bitions, demeurait un gentilhomme nommé Gesril : il avait un fils et deux filles. Ce fils était élevé autrement que moi ; enfant gâté, ce qu'il faisait était trouvé charmant : il ne se plaisait qu'à se battre, et surtout qu'à exciter des querelles dont il s'établissait le juge. Jouant des tours perfides aux bonnes qui menaient promener les enfants, il n'était bruit que de ses espiégleries que l'on transformait en crimes noirs. Le père riait de tout, et *Joson* n'en était que plus chéri. Gesril devint mon intime ami et prit sur moi un ascendant incroyable : je profitai sous un tel maître, quoique mon caractère fût entièrement l'opposé du sien. J'aimais les jeux solitaires, je ne cherchais querelle à personne : Gesril était fou de plaisirs, de cohue, et jubilait au milieu des bagarres d'enfants. Quand quelque polisson me parlait, Gesril me disait : « Tu le souffres ? » A ce mot je croyais mon honneur compromis et je sautais aux yeux du téméraire ; la taille et l'âge n'y faisaient rien. Spectateur du combat, mon ami applaudissait à mon courage, mais ne faisait rien pour me servir. Quelquefois il levait une armée de tous les sautereaux qu'il rencontrait, divisait ses conscrits en deux bandes, et nous escarmouchions sur la plage à coups de pierres.

Un autre jeu, inventé par Gesril, paraissait encore plus dangereux : lorsque la mer était haute et qu'il y avait tempête, la vague, fouettée au pied du château, du côté de la grande grève, jaillissait jusqu'aux grandes tours. A vingt pieds d'élévation au-dessus de la base d'une de ces tours, régnait un parapet en granit, étroit, glissant, incliné, par lequel on communiquait au ravelin qui défendait le fossé : il s'agissait de saisir l'instant entre deux vagues, de franchir l'endroit périlleux avant que le flot se brisât et couvrît la tour. Voici venir une montagne d'eau qui s'avançait en mugissant, laquelle, si vous tardiez d'une minute, pouvait, ou vous entraîner, ou vous écraser contre le mur. Pas un de nous ne se refusait à l'aventure, mais j'ai vu des enfants pâlir avant de la tenter.

Ce penchant à pousser les autres à des rencontres, dont il restait spectateur, induirait à penser que Gesril ne montra pas dans la suite un caractère fort généreux : c'est lui néanmoins qui, sur un plus petit théâtre, a peut-être effacé l'héroïsme de Régulus ; il n'a manqué à sa gloire que Rome et Tite-Live. Devenu officier de marine, il fut pris à l'affaire de Quiberon ; l'action finie et les Anglais continuant de canonner l'armée républicaine, Gesril se jette à la nage, s'approche des vaisseaux, dit aux Anglais de cesser le feu, leur annonce le malheur et la capitulation des émigrés. On le voulut sauver, en lui filant une corde et le conjurant de monter à bord : « Je suis prisonnier sur « parole, » s'écrie-t-il du milieu des flots et il retourne à terre à la nage : il fut fusillé avec Sombreuil et ses compagnons.

Gesril a été mon premier ami ; tous deux mal jugés dans notre enfance, nous nous liâmes par l'instinct de ce que nous pouvions valoir un jour.

Deux aventures mirent fin à cette première partie de mon histoire, et produisirent un changement notable dans le système de mon éducation.

Nous étions un dimanche sur la grève, à l'*éventail* de la porte Saint-Thomas et le long du *Sillon;* de gros pieux enfoncés dans le sable protègent les murs contre la houle. Nous grimpions ordinairement au haut de ces pieux pour voir passer au-dessous de nous les premières ondulations du flux. Les places étaient prises comme de coutume; plusieurs petites filles se mêlaient aux petits garçons. J'étais le plus en pointe vers la mer, n'ayant devant moi qu'une jolie mignonne, Hervine Magon, qui riait de plaisir et pleurait de peur. Gesril se trouvait à l'autre bout du côté de la terre. Le flot arrivait, il faisait du vent; déjà les bonnes et les domestiques criaient : « Descendez, Mademoiselle ! descendez, Monsieur ! » Gesril attend une grosse lame : lorsqu'elle s'engouffre entre les pilotis, il pousse l'enfant assis auprès de lui;

celui-là se renverse sur un autre ; celui-ci sur un autre : toute la file s'abat comme des moines de cartes, mais chacun est retenu par son voisin ; il n'y eut que la petite fille de l'extrémité de la ligne sur laquelle je chavirai et qui, n'étant appuyée par personne, tomba. Le jusant l'entraîne ; aussitôt mille cris, toutes les bonnes retroussant leurs robes et tripotant dans la mer, chacune saisissant son marmot et lui donnant une tape. Hervine fut repêchée ; mais elle déclara que François l'avait jetée bas. Les bonnes fondent sur moi ; je leur échappe ; je cours me barricader dans la cave de la maison : l'armée femelle me pourchasse. Ma mère et mon père étaient heureusement sortis. La Villeneuve défend vaillamment la porte et soufflette l'avant-garde ennemie. Le véritable auteur du mal, Gesril, me prête secours : il monte chez lui, et avec ses deux sœurs jette par les fenêtres des potées d'eau et des pommes cuites aux assaillantes. Elles levèrent le siége à l'entrée de la nuit ; mais cette nouvelle se répandit dans la ville, et le chevalier de Chateaubriand, âgé de neuf ans, passa pour un homme atroce, un reste de ces pirates dont saint Aaron avait purgé son rocher.

Voici l'autre aventure :

J'allais avec Gesril à Saint-Servan, faubourg séparé de Saint-Malo par le port marchand. Pour y arriver à basse mer, on franchit des courants d'eau sur des ponts étroits de pierres plates, que recouvre la marée montante. Les domestiques qui nous accompagnaient, étaient restés assez loin derrière nous. Nous apercevons à l'extrémité d'un de ces ponts deux mousses qui venaient à notre rencontre ; Gesril me dit : « Laisserons-nous passer ces gueux-là ? » et aussitôt il leur crie : « A l'eau, canards ! » Ceux-ci, en qualité de mousses, n'entendant pas raillerie, avancent ; Gesril recule ; nous nous plaçons au bout du pont, et saisissant des galets, nous les jetons à la tête des mousses. Ils fondent sur nous, nous obligent à lâcher pied, s'arment eux-mêmes de cailloux, et nous mènent battant jusqu'à notre corps de réserve, c'est-à-dire jusqu'à nos domestiques. Je ne fus pas comme Horatius frappé à l'œil : une pierre m'atteignit si rudement que mon oreille gauche, à moitié détachée, tombait sur mon épaule.

Je ne pensai point à mon mal, mais à mon retour. Quand mon ami rapportait de ses courses un œil poché, un habit déchiré, il était plaint, caressé, choyé, rhabillé : en pareil cas, j'étais mis en pénitence. Le coup que j'avais reçu était dangereux, mais jamais La France ne me put persuader de rentrer, tant j'étais effrayé. Je m'allai cacher au second étage de la maison, chez Gesril, qui m'entortilla la tête d'une serviette. Cette serviette le mit en train : elle lui représenta une mitre; il me transforma en évêque, et me fit chanter la grand'messe avec lui et ses sœurs jusqu'à l'heure du souper. Le pontife fut alors obligé de descendre : le cœur me battait. Surpris de ma figure débiffée et barbouillée de sang, mon père ne dit pas un mot; ma mère poussa un cri; La France conta mon cas piteux, en m'excusant; je n'en fus pas moins rabroué. On pansa mon oreille, et monsieur et madame de Chateaubriand résolurent de me séparer de Gesril le plus tôt possible[1].

Je ne sais si ce ne fut point cette année que le comte d'Artois vint à Saint-Malo : on lui donna le spectacle d'un combat naval. Du haut du bastion de la poudrière, je vis le jeune prince dans la foule au bord de la mer : dans son éclat et dans mon obscurité, que de destinées inconnues ! Ainsi, sauf erreur de mémoire, Saint-Malo n'aurait vu que deux rois de France, Charles IX et Charles X.

Voilà le tableau de ma première enfance. J'ignore si la dure éducation que je reçus est bonne en principe, mais elle fut adoptée de

[1] J'avais déjà parlé de Gesril dans mes ouvrages. Une de ses sœurs, Angélique Gesril de la Trochardais, m'écrivit en 1818 pour me prier d'obtenir que le nom de Gesril fût joint à ceux de son mari et du mari de sa sœur : j'échouai dans ma négociation. (Note de 1831, Genève).

mes proches sans dessein et par une suite naturelle de leur humeur. Ce qu'il y a de sûr, c'est qu'elle a rendu mes idées moins semblables à celles des autres hommes ; ce qu'il y a de plus sûr encore, c'est qu'elle a imprimé à mes sentiments un caractère de mélancolie née chez moi de l'habitude de souffrir à l'âge de la faiblesse, de l'imprévoyance et de la joie.

Dira-t-on que cette manière de m'élever m'aurait pu conduire à détester les auteurs de mes jours ? Nullement ; le souvenir de leur rigueur m'est presque agréable ; j'estime et honore leurs grandes qualités. Quand mon père mourut, mes camarades au régiment de Navarre furent témoins de mes regrets. C'est de ma mère que je tiens la consolation de ma vie, puisque c'est d'elle que je tiens ma religion ; je recueillais les vérités chrétiennes qui sortaient de sa bouche, comme Pierre de Langres étudiait la nuit dans une église, à la lueur de la lampe qui brûlait devant le Saint-Sacrement. Aurait-on mieux développé mon intelligence en me jetant plus tôt dans l'étude ? J'en doute : ces flots, ces vents, cette solitude qui furent mes premiers maîtres, convenaient peut-être mieux à mes dispositions natives ; peut-être dois-je à ces instituteurs sauvages quelques vertus que j'aurais ignorées. La vérité est qu'aucun système d'éducation n'est en soi préférable à un autre système : les enfants aiment-ils mieux leurs parents aujourd'hui qu'ils les tutoyent et ne les craignent plus ? Gesril était gâté dans la maison où j'étais gourmandé : nous avons été tous deux d'honnêtes gens et des fils tendres et respectueux. Telle chose que vous croyez mauvaise, met en valeur les talents de votre enfant ; telle chose qui vous semble bonne, étoufferait ces mêmes talents. Dieu fait bien ce qu'il fait : c'est la Providence qui nous dirige, lorsqu'elle nous destine à jouer un rôle sur la scène du monde.

Dieppe, septembre 1812.

Billet de M. Pasquier. — Dieppe. — Changement de mon éducation. — Printemps en Bretagne. — Forêt historique. — Campagnes Pélagiennes. — Coucher de la lune sur la mer.

Le 4 septembre 1812, j'ai reçu ce billet de M. Pasquier, préfet de police :

CABINET DU PRÉFET.

« M. le préfet de police invite M. de Chateau-
« briand à prendre la peine de passer à son ca-
« binet, soit aujourd'hui sur les quatre heures

« de l'après-midi, soit demain à neuf heures « du matin. »

C'était un ordre de m'éloigner de Paris que M. le préfet de police voulait me signifier. Je me suis retiré à Dieppe, qui porta d'abord le nom de *Bertheville*, et fut ensuite appelé Dieppe, il y a déjà plus de quatre cents ans, du mot anglais *deep*, profond (mouillage). En 1788, je tins garnison ici avec le second bataillon de mon régiment : habiter cette ville, de brique dans ses maisons, d'ivoire dans ses boutiques, cette ville à rues propres et à belle lumière, c'était me réfugier auprès de ma jeunesse. Quand je me promenais, je rencontrais les ruines du château d'Arques, que mille débris accompagnent. On n'a point oublié que Dieppe fut la patrie de Duquesne. Lorsque je restais chez moi, j'avais pour spectacle la mer ; de la table où j'étais assis, je contemplais cette mer qui m'a vu naître, et qui baigne les côtes de la Grande-Bretagne, où j'ai subi un si long exil : mes regards parcouraient les vagues qui me portèrent en Amérique, me rejetèrent en Europe et me reportèrent aux rivages de l'Afrique et de l'Asie. Salut, ô mer, mon berceau et mon image! Je te veux raconter la suite de mon histoire : si je mens, tes flots, mêlés à tous mes jours, m'accuseront d'imposture chez les hommes à venir.

Ma mère n'avait cessé de désirer qu'on me donnât une éducation classique. L'état de marin auquel on me destinait « ne serait peut-être « pas de mon goût » disait-elle; il lui semblait bon à tout événement de me rendre capable de suivre une autre carrière. Sa piété la portait à souhaiter que je me décidasse pour l'Église. Elle proposa donc de me mettre dans un collége où j'apprendrais les mathématiques, le dessin, les armes et la langue anglaise; elle ne parla point du grec et du latin, de peur d'effaroucher mon père; mais elle me les comptait faire enseigner, d'abord en secret, ensuite à découvert lorsque j'aurais fait des progrès. Mon père agréa la proposition : il fut convenu que j'entrerais au collége de Dol. Cette ville eut la préférence, parce qu'elle se trouvait sur la route de Saint-Malo à Combourg.

Pendant l'hiver très-froid qui précéda ma réclusion scolaire, le feu prit à l'hôtel où nous demeurions : je fus sauvé par ma sœur aînée, qui m'emporta à travers les flammes. M. de Chateaubriand, retiré dans son château, appela sa femme auprès de lui : il le fallut rejoindre au printemps.

Le printemps, en Bretagne, est plus doux qu'aux environs de Paris, et fleurit trois semaines plus tôt. Les cinq oiseaux qui l'annoncent, l'hirondelle, le loriot, le coucou, la caille et le rossignol, arrivent avec des brises qui hébergent dans les golfes de la péninsule armoricaine. La terre se couvre de marguerites, de pensées, de jonquilles, de narcisses, d'hyacinthes, de renoncules, d'anémones, comme les espaces abandonnés qui environnent Saint-Jean-de-Latran et Sainte-Croix-de-Jérusalem, à Rome. Des clairières se panachent d'élégantes et hautes fougères ; des champs de genêts et d'ajoncs resplendissent de leurs fleurs qu'on prendrait pour des papillons d'or. Les haies, au long desquelles abondent la fraise, la framboise et la violette, sont décorées d'aubépines, de chèvrefeuille, de ronces dont les rejets bruns et courbés portent des feuilles et des fruits magnifiques. Tout fourmille d'abeilles et d'oiseaux ; les essaims et les nids arrêtent les enfants à chaque pas. Dans certains abris, le myrte et le laurier-rose croissent en pleine terre, comme en Grèce ; la figue mûrit comme en Provence ; chaque pommier, avec ses fleurs carminées, ressemble à un gros bouquet de fiancée de village.

Au douzième siècle, les cantons de Fougères, Rennes, Bécherel, Dinan, Saint-Malo et Dol, étaient occupés par la forêt de Brécheliant ; elle avait servi de champ de bataille aux Francs et aux peuples de la Dommonée. Wace raconte qu'on y voyait l'homme sauvage, la fontaine de Berenton et un bassin d'or. Un document historique du quinzième siècle, *les Usements et coutumes de la forêt de Brécilien*, confirme le roman de *Rou :* elle est, disent les *Usements,* de grande et spacieuse étendue ; « il y « a quatre châteaux, fort grand nombre de « beaux étangs, belles chasses où n'habitent « aucunes bêtes véneneuses, ni nulles mouches, « deux cents futaies, autant de fontaines, « nommément la fontaine de *Belenton*, au- « près de laquelle le chevalier Pontus fit ses « armes. »

Aujourd'hui, le pays conserve des traits de son origine : entrecoupé de fossés boisés, il a de loin l'air d'une forêt et rappelle l'Angleterre : c'était le séjour des fées, et vous allez voir qu'en effet j'y ai rencontré une sylphide. Des vallons étroits sont arrosés par de petites rivières non navigables. Ces vallons sont séparés par des landes et par des futaies à cepées de houx. Sur les côtes, se succèdent phares, vigies, dolmens, constructions romaines, ruines de châteaux du moyen âge, clochers de la renaissance : la mer borde le tout. Pline dit de la Bretagne : *Péninsule spectatrice de l'Océan.*

Entre la mer et la terre s'étendent des campagnes pélagiennes, frontières indécises des deux éléments : l'alouette de champ y vole avec l'alouette marine; la charrue et la barque à un jet de pierre l'une de l'autre, sillonnent la terre et l'eau. Le navigateur et le berger s'empruntent mutuellement leur langue : le matelot dit *les vagues moutonnent,* le pâtre dit *des flottes de moutons.* Des sables de diverses couleurs, des bancs variés de coquillages, des varecs, des franges d'une écume argentée, dessinent la lisière blonde ou verte des blés. Je ne sais plus dans quelle île de la Méditerranée, j'ai vu un bas-relief représentant les Néréides attachant des festons au bas de la robe de Cérès.

Mais ce qu'il faut admirer en Bretagne, c'est la lune se levant sur la terre et se couchant sur la mer.

Établie par Dieu gouvernante de l'abîme, la lune a ses nuages, ses vapeurs, ses rayons, ses ombres portées comme le soleil ; mais comme lui, elle ne se retire pas solitaire ; un cortége d'étoiles l'accompagne. A mesure que sur mon rivage natal elle descend au bout du ciel, elle accroît son silence qu'elle communique à la mer ; bientôt elle tombe à l'horizon, l'intersecte, ne montre plus que la moitié de son front qui s'assoupit, s'incline et disparaît dans la molle intumescence des vagues. Les astres voisins de leur reine, avant de plonger à sa suite, semblent s'arrêter, suspendus à la cime des flots. La lune n'est pas plus tôt couchée, qu'un souffle venant du large brise l'imáge des constellations, comme on éteint les flambeaux après une solennité.

Départ pour Combourg. — Description du château.

Je devais suivre mes sœurs jusqu'à Combourg : nous nous mîmes en route dans la première quinzaine de mai. Nous sortîmes de Saint-Malo au lever du soleil, ma mère, mes quatre sœurs et moi, dans une énorme berline à l'antique, panneaux surdorés, marchepieds en dehors, glands de pourpre aux quatre coins de l'impériale. Huit chevaux parés comme les mulets en Espagne, sonnettes au cou, grelots aux brides, housses et franges de laine de diverses couleurs, nous traînaient. Tandis que ma mère soupirait, mes sœurs parlaient à perdre haleine, je regardais de mes deux yeux, j'écoutais de mes deux oreilles, je m'émerveillais à chaque tour de roue : premier pas d'un Juif errant qui ne se devait plus arrêter. Encore si l'homme ne faisait que changer de lieux ! mais ses jours et son cœur changent.

Nos chevaux reposèrent à un village de pêcheurs sur la grève de Cancale. Nous traversâmes ensuite les marais et la fiévreuse ville de Dol : passant devant la porte du collége où j'allais bientôt revenir, nous nous enfonçâmes dans l'intérieur du pays.

Durant quatre mortelles lieues, nous n'aperçûmes que des bruyères guirlandées de bois, des friches à peine écrêtées, des semailles de blé noir, court et pauvre, et d'indigentes avénières. Des charbonniers conduisaient des files de petits chevaux à crinière pendante et mêlée; des paysans à sayons de peau de bique, à cheveux longs, pressaient des bœufs maigres avec des cris aigus et marchaient à la queue d'une lourde charrue, comme des faunes labourant. Enfin, nous découvrîmes une vallée au fond de laquelle s'élevait, non loin d'un étang, la flèche de l'église d'une bourgade; les tours d'un château féodal montaient dans les arbres d'une futaie éclairée par le soleil couchant.

J'ai été obligé de m'arrêter : mon cœur battait au point de repousser la table sur laquelle j'écris. Les souvenirs qui se réveillent dans ma mémoire m'accablent de leur force et de leur multitude : et pourtant, que sont-ils pour le reste du monde?

Descendus de la colline, nous guéâmes un ruisseau; après avoir cheminé une demi-heure, nous quittâmes la grande route, et la voiture roula au bord d'un quinconce, dans une allée de charmilles dont les cîmes s'entrelaçaient au-dessus de nos têtes : je me souviens encore du moment où j'entrai sous cet ombrage et de la joie effrayée que j'éprouvai.

En sortant de l'obscurité du bois, nous franchîmes une avant-cour plantée de noyers, attenante au jardin et à la maison du régisseur ; de là nous débouchâmes par une porte bâtie dans une cour de gazon, appelée la *Cour Verte*. A droite étaient de longues écuries et un bouquet de marronniers ; à gauche, un autre bouquet de marronniers. Au fond de la cour, dont le terrain s'élevait insensiblement, le château se montrait entre deux groupes d'arbres. Sa triste et sévère façade présentait une courtine portant une galerie à mâchicoulis, denticulée et couverte. Cette courtine liait ensemble deux tours inégales en âge, en matériaux, en hauteur et en grosseur, lesquelles tours se terminaient par des créneaux surmontés d'un toit pointu, comme un bonnet posé sur une couronne gothique.

Quelques fenêtres grillées apparaissaient çà et là sur la nudité des murs. Un large perron, raide et droit, de vingt-deux marches, sans rampes, sans garde-fou, remplaçait sur les fossés comblés l'ancien pont-levis ; il atteignait la porte du château, percée au milieu de la courtine. Au-dessus de cette porte on voyait les armes des seigneurs de Combourg, et les taillades à travers lesquelles sortaient jadis les bras et les chaînes du pont-levis.

La voiture s'arrêta au pied du perron ; mon père vint au devant de nous. La réunion de la famille adoucit si fort son humeur pour le moment, qu'il nous fit la mine la plus gracieuse. Nous montâmes le perron ; nous pénétrâmes dans un vestibule sonore, à voûte ogive, et de ce vestibule dans une petite cour intérieure.

De cette cour, nous entrâmes dans le bâtiment regardant au midi sur l'étang, et jointif des deux petites tours. Le château entier avait la figure d'un char à quatre roues. Nous nous trouvâmes de plein-pied dans une salle jadis appelée la *salle des Gardes*. Une fenêtre s'ouvrait à chacune de ses extrémités ; deux autres coupaient la ligne latérale. Pour agrandir ces quatre fenêtres, il avait fallu excaver des murs de huit à dix pieds d'épaisseur. Deux corridors à plan incliné, comme le corridor de la grande Pyramide, partaient des deux angles extérieurs de la salle et conduisaient aux petites tours. Un escalier, serpentant dans l'une de ces tours, établissait des relations entre la salle des Gardes et l'étage supérieur : tel était ce corps de logis.

Celui de la façade de la grande et de la grosse tour, dominant le nord, du côté de la Cour Verte, se composait d'une espèce de dortoir carré et sombre, qui servait de cuisine ; il s'accroissait du vestibule, du perron et d'une chapelle. Au-dessus de ces pièces, était le salon des *Archives*, ou des *Armoiries*, ou des *Oiseaux*, ou des *Chevaliers*, ainsi nommé d'un plafond semé d'écussons coloriés et d'oiseaux peints. Les embrasures des fenêtres étroites et tréflées, étaient si profondes, qu'elles formaient des cabinets autour desquels régnait un banc de granit. Mêlez à cela, dans les diverses parties de l'édifice, des passages et des escaliers secrets, des cachots et des donjons, un labyrinthe de galeries couvertes et découvertes, des souterrains murés dont les ramifications étaient inconnues ; partout silence, obscurité et visage de pierre : voilà le château de Combourg.

Un souper servi dans la salle des Gardes, et où je mangeai sans contrainte, termina pour moi la première journée heureuse de ma vie. Le vrai bonheur coûte peu ; s'il est cher, il n'est pas d'une bonne espèce.

A peine fus-je réveillé le lendemain que j'allai visiter les dehors du château, et célébrer mon avénement à la solitude. Le perron faisait face au nord-ouest. Quand on était assis sur le diazôme de ce perron, on avait devant soi la Cour Verte, et au-delà de cette cour, un potager étendu entre deux futaies : l'une, à droite, (le quinconce par lequel nous étions arrivés) s'appelait le *petit Mail;* l'autre, à gauche, le *grand Mail*: celle-ci était un bois de chênes, de hêtres, de sycomores, d'ormes et de châtaigniers. Madame de Sévigné vantait de son temps ces vieux ombrages; depuis cette époque, cent quarante années avaient été ajoutées à leur beauté.

Du côté opposé, au midi et à l'est, le paysage offrait un tout autre tableau : par les fenêtres de la grand'salle, on apercevait les maisons de Combourg, un étang, la chaussée de cet étang sur laquelle passait le grand chemin de Rennes, un moulin à eau, une prairie couverte de troupeaux de vaches et séparée de l'étang par la chaussée. Au bord de cette prairie s'allongeait un hameau dépendant d'un prieuré fondé en 1149 par Rivallon, seigneur de Combourg, et où l'on voyait sa statue mortuaire couchée sur le dos en armure de chevalier. Depuis l'étang, le terrain s'élevant par degrés, formait un amphithéâtre d'arbres, d'où sortaient des campanilles de villages et des tourelles de gentilhommières. Sur un dernier plan de l'horizon, entre l'occident et le midi, se profilaient les hauteurs de Bécherel. Une terrasse bordée de grands buis taillés, circulait au pied du château de ce côté, passait derrière les écuries et allait, à diverses reprises, rejoindre le jardin des bains qui communiquait au grand Mail.

Si, d'après cette trop longue description, un peintre prenait son crayon, produirait-il une esquisse ressemblante au château? Je ne le crois pas; et cependant ma mémoire voit l'objet comme s'il était sous mes yeux; telle est dans les choses matérielles l'impuissance de la parole et la puissance du souvenir! En commençant à parler de Combourg, je chante les premiers couplets d'une complainte qui ne charmera que moi; demandez au pâtre du Tyrol pourquoi il se plaît aux trois ou quatre notes qu'il répète à ses chèvres, notes de montagne, jetées d'écho en écho pour retentir du bord d'un torrent au bord opposé ?

Ma première apparition à Combourg fut de courte durée. Quinze jours s'étaient à peine écoulés que je vis arriver l'abbé Porcher, principal du collége de Dol ; on me remit entre ses mains, et je le suivis malgré mes pleurs.

Dieppe, septembre 1812.

Revu en juin 1846.

Collége de Dol. — Mathématiques et langues. — Traits de ma mémoire.

Je n'étais pas tout à fait étranger à Dol ; mon père en était *chanoine*, comme descendant et représentant de la maison de Guillaume de Chateaubriand, sire de Beaufort, fondateur en 1529 d'une première stalle, dans le chœur de la cathédrale. L'évêque de Dol était M. de Hercé, ami de ma famille, prélat d'une grande modération politique, qui, à genoux, le crucifix à la main, fut fusillé avec son frère l'abbé de Hercé, à Quiberon, dans le Champ du martyre. En arrivant au collége, je fus confié aux soins particuliers de M. l'abbé Leprince, qui professait la rhétorique et possédait à fond la géométrie : c'était un homme d'esprit, d'une belle figure, aimant les arts, peignant assez bien le portrait. Il se chargea de m'apprendre mon *Bezout;* l'abbé Egault, régent de troisième, devint mon maître de latin ; j'étudiais les mathématiques dans ma chambre, le latin dans la salle commune.

Il fallut quelque temps à un hibou de mon espèce pour s'accoutumer à la cage d'un collége et régler sa volée au son d'une cloche. Je ne pouvais avoir ces prompts amis que donne la fortune, car il n'y avait rien à gagner avec un pauvre polisson qui n'avait pas même d'argent de semaine ; je ne m'enrôlai point non plus dans une clientèle, car je hais les protecteurs.

Dans les jeux, je ne prétendais mener personne, mais je ne voulais pas être mené : je n'étais bon ni pour tyran ni pour esclave, et tel je suis demeuré.

Il arriva pourtant que je devins assez vite un centre de réunion; j'exerçai dans la suite, à mon régiment, la même puissance : simple sous-lieutenant que j'étais, les vieux officiers passaient leurs soirées chez moi et préféraient mon appartement au café. Je ne sais d'où cela venait, n'était peut-être ma facilité à entrer dans l'esprit et à prendre les mœurs des autres. J'aimais autant chasser et courir que lire et écrire. Il m'est encore indifférent de deviser des choses les plus communes, ou de causer des sujets les plus relevés. Très-peu sensible à l'esprit, il m'est presque antipathique, bien que je ne sois pas une bête. Aucun défaut ne me choque, excepté la moquerie et la suffisance que j'ai grand'peine à ne pas morguer; je trouve que les autres ont toujours sur moi une supériorité quelconque, et si je me sens par hasard un avantage, j'en suis tout embarrassé.

Des qualités que ma première éducation avait laissé dormir s'éveillèrent au collége. Mon aptitude au travail était remarquable, ma mémoire extraordinaire. Je fis des progrès rapides en mathématiques où j'apportai une clarté de conception qui étonnait l'abbé Leprince. Je montrai en même temps un goût décidé pour les langues. Le rudiment, supplice des écoliers, ne me coûta rien à apprendre ; j'attendais l'heure des leçons de latin avec une sorte d'impatience, comme un délassement de mes chiffres et de mes figures de géométrie. En moins d'un an, je devins fort cinquième. Par une singularité, ma phrase latine se transformait si naturellement en pentamètre que l'abbé Egault m'appelait l'*Élégiaque*, nom qui me pensa rester parmi mes camarades.

Quant à ma mémoire en voici deux traits. J'appris par cœur mes tables de logarithmes : c'est-à-dire qu'un nombre étant donné dans la proportion géométrique, je trouvais de mémoire son exposant dans la proportion arithmétique, et *vice versâ*.

Après la prière du soir que l'on disait en commun à la chapelle du collége, le principal faisait une lecture. Un des enfants, pris au hasard, était obligé d'en rendre compte. Nous arrivions fatigués de jouer et mourant de sommeil à la prière; nous nous jetions sur les bancs, tâchant de nous enfoncer dans un coin obscur, pour n'être pas aperçus et conséquemment interrogés. Il y avait surtout un confessional que nous nous disputions comme une retraite assurée. Un soir, j'avais eu le bonheur de gagner ce port et je m'y croyais en sûreté contre le principal; malheureusement, il signala ma manœuvre et résolut de faire un exemple. Il lut donc lentement et longuement le second point d'un sermon; chacun s'endormit. Je ne sais par quel hasard je restai éveillé dans mon confessionnal. Le principal qui ne me voyait que le bout des pieds, crut que je dodinais comme les autres, et tout à coup m'apostrophant, il me demanda ce qu'il avait lu.

Le second point du sermon contenait une énumération des diverses manières dont on peut offenser Dieu. Non-seulement je dis le fond de la chose, mais je repris les divisions dans leur ordre, et répétai presque mot à mot plusieurs pages d'une prose mystique, inintelligible pour un enfant. Un murmure d'applaudissement s'éleva dans la chapelle : le principal m'appela, me donna un petit coup sur la joue et me permit, en récompense, de ne me lever le lendemain qu'à l'heure du déjeuner. Je me dérobai modestement à l'admiration de mes camarades et je profitai bien de la grâce accordée. Cette mémoire des mots, qui ne m'est pas entièrement restée, a fait place chez moi à une autre sorte de mémoire plus singulière, dont j'aurai peut-être occasion de parler.

Une chose m'humilie : la mémoire est souvent la qualité de la sottise ; elle appartient généralement aux esprits lourds, qu'elle rend plus pesants par le bagage dont elle les surcharge. Et néanmoins, sans la mémoire, que serions-nous? Nous oublierions nos amitiés, nos amours, nos plaisirs, nos affaires; le génie ne pourrait rassembler ses idées; le cœur le plus affectueux perdrait sa tendresse, s'il ne s'en souvenait plus; notre existence se réduirait aux moments successifs d'un présent qui s'écoule sans cesse; il n'y aurait plus de passé. O misère de nous! notre vie est si vaine qu'elle n'est qu'un reflet de notre mémoire.

—

Dieppe, octobre 1812.

Vacances à Combourg. — Vie de château en province. — Mœurs féodales. — Habitants de Combourg.

J'allai passer le temps des vacances à Combourg. La vie de château aux environs de Paris ne peut donner une idée de la vie de château dans une province reculée.

La terre de Combourg n'avait pour tout domaine que des landes, quelques moulins et les deux forêts, Bourgouët et Tanoërn, dans un pays où le bois est presque sans valeur. Mais Combourg était riche en droits féodaux; ces droits étaient de diverses sortes : les uns déterminaient certaines redevances pour certaines concessions, ou fixaient des usages nés de l'ancien ordre politique ; les autres ne semblaient avoir été dans l'origine que des divertissements.

Mon père avait fait revivre quelques-uns de ces derniers droits, afin de prévenir la prescription. Lorsque toute la famille était réunie, nous prenions part à ces amusements gothiques : les trois principaux étaient le *Saut des poissonniers,* la *Quintaine,* et une foire appelée l'*Angevine.* Des paysans en sabots et en braies, hommes d'une France qui n'est plus, regardaient ces jeux d'une France qui n'était plus. Il y avait prix pour le vainqueur, amende pour le vaincu.

La Quintaine conservait la tradition des tournois: elle avait sans doute quelque rapport avec l'ancien service militaire des fiefs. Elle est très-bien décrite dans du Cange (*voce* QUINTANA). On devait payer les amendes en ancienne monnaie de cuivre, jusqu'à la valeur de *deux moutons d'or à la couronne* de 25 *sols parisis* chacun.

La foire appelée l'*Angevine* se tenait dans la prairie de l'Étang, le 4 septembre de chaque année, jour de ma naissance. Les vassaux étaient obligés de prendre les armes, ils venaient au château lever la bannière du seigneur; de là ils se rendaient à la foire pour établir l'ordre, et prêter force à la perception d'un péage dû aux comtes de Combourg par chaque tête de bétail, espèce de droit régalien. A cette époque, mon père tenait table ouverte. On ballait pendant trois jours : les maîtres, dans la grand' salle, au raclement d'un violon; les vassaux, dans la Cour Verte, au nasillement d'une musette. On chantait, on poussait des huzzas, on tirait des arquebusades. Ces bruits se mêlaient aux mugissements des troupeaux de la foire; la foule vaguait dans les jardins et les bois, et du moins une fois l'an, on voyait à Combourg quelque chose qui ressemblait à de la joie.

Ainsi, j'ai été placé assez singulièrement dans la vie pour avoir assisté aux courses de la *Quintaine* et à la proclamation des *Droits de l'Homme;* pour avoir vu la milice bourgeoise d'un village de Bretagne et la garde nationale de France, la bannière des seigneurs de Combourg et le drapeau de la révolution. Je suis comme le dernier témoin des mœurs féodales.

Les visiteurs que l'on recevait au château se composaient des habitants de la bourgade et de la noblesse de la banlieue : ces honnêtes gens furent mes premiers amis. Notre vanité met trop d'importance au rôle que nous jouons dans le monde. Le bourgeois de Paris rit du bourgeois d'une petite ville ; le noble de cour se moque du noble de province; l'homme connu dédaigne l'homme ignoré, sans songer que le temps fait également justice de leurs prétentions, et qu'ils sont tous également ridicules ou indifférents aux yeux des générations qui se succèdent.

Le premier habitant du lieu était un M. Potelet, ancien capitaine de vaisseau de la compagnie des Indes, qui redisait de grandes histoires de Pondichéry. Comme il les racontait les coudes appuyés sur la table, mon père avait toujours envie de lui jeter son assiette au visage. Venait ensuite l'entrepositaire des tabacs, M. Launay de La Billardière, père de famille qui comptait douze enfants, comme Jacob, neuf filles et trois garçons, dont le plus jeune, David, était mon camarade de jeux[1]. Le bonhomme s'avisa de vouloir être noble en 1789 : il prenait bien son temps ! Dans cette maison, il y avait force joie et beaucoup de dettes. Le sénéchal Gébert, le procureur-fiscal Petit, le receveur Corvaisier, le chapelain l'abbé Charmel, formaient la société

[1] J'ai retrouvé mon ami David : je dirai quand et comment. (Note de Genève, 1832.)

de Combourg. Je n'ai pas rencontré à Athènes des personnages plus célèbres.

MM. du Petit-Bois, de Château-d'Assie, de Tinteniac, un ou deux autres gentilshommes, venaient, le dimanche, entendre la messe à la paroisse, et dîner ensuite chez le châtelain. Nous étions plus particulièrement liés avec la famille Trémaudan, composée du mari, de la femme extrêmement belle, d'une sœur naturelle et de plusieurs enfants. Cette famille habitait une métairie, qui n'attestait sa noblesse que par un colombier. Les Trémaudan vivent encore. Plus sages et plus heureux que moi, ils n'ont point perdu de vue les tours du château que j'ai quitté depuis trente ans; ils font encore ce qu'ils faisaient lorsque j'allais manger le pain bis à leur table; ils ne sont point sortis du port dans lequel je ne rentrerai plus. Peut-être parlent-ils de moi au moment même où j'écris cette page : je me reproche de tirer leur nom de sa protectrice obscurité. Ils ont douté longtemps que l'homme dont ils entendaient parler fût le *petit chevalier*. Le recteur ou curé de Combourg, l'abbé Sévin, celui-là même dont j'écoutais le prône, a montré la même incrédulité; il ne se pouvait persuader que le polisson, camarade des paysans, fût le défenseur de la religion; il a fini par le croire, et il me cite dans ses sermons, après m'avoir tenu sur ses genoux. Ces dignes gens, qui ne mêlent à mon image aucune idée étrangère, qui me voient tel que j'étais dans mon enfance et dans ma jeunesse, me reconnaîtraient-ils aujourd'hui sous les travestissements du temps? Je serais obligé de leur dire mon nom, avant qu'ils me voulussent presser dans leurs bras.

Je porte malheur à mes amis. Un garde-chasse, appelé Raulx, qui s'était attaché à moi, fut tué par un braconnier. Ce meurtre me fit une impression extraordinaire. Quel étrange mystère dans le sacrifice humain! Pourquoi faut-il que le plus grand crime et la plus grande gloire soient de verser le sang de l'homme? Mon imagination me représentait Raulx tenant ses entrailles dans ses mains et se traînant à la chaumière où il expira. Je conçus l'idée de la vengeance ; je m'aurais voulu battre contre l'assassin. Sous ce rapport je suis singulièrement né : dans le premier moment d'une offense, je la sens à peine ; mais elle se grave dans ma mémoire ; son souvenir, au lieu de décroître, s'augmente avec le temps ; il dort dans mon cœur des mois, des années entières, puis il se réveille à la moindre circonstance avec une force nouvelle, et ma blessure devient plus vive que le premier jour. Mais si je ne pardonne point à mes ennemis, je ne leur fais aucun mal ; je suis rancunier et ne suis point vindicatif. Ai-je la puissance de me venger, j'en perds l'envie ; je ne serais dangereux que dans le malheur. Ceux qui m'ont cru faire céder en m'opprimant, se sont trompés ; l'adversité est pour moi, ce qu'était la terre pour Antée : je reprends des forces dans le sein de ma mère. Si jamais le bonheur m'avait enlevé dans ses bras, il m'eût étouffé.

Dieppe, octobre 1812.

Secondes vacances à Combourg. — Régiment de Conti. — Camp à Saint-Malo. — Une abbaye. — Théâtre. — Mariage de mes deux sœurs aînées. — Retour au collége. — Révolution commencée dans mes idées.

Je retournai à Dol, à mon grand regret. L'année suivante, il y eut un projet de descente à Jersey, et un camp s'établit auprès de Saint-Malo. Des troupes furent cantonnées à Combourg; M. de Chateaubriand donna, par courtoisie, successivement asile aux colonels des régiments de Touraine et de Conti : l'un était le duc de Saint-Simon, et l'autre le marquis de Causans [1]. Vingt officiers étaient tous les jours invités à la table de mon père. Les plaisanteries de ces étrangers me déplaisaient ; leurs promenades troublaient la paix de mes bois. C'est pour avoir vu le colonel en second du régiment de Conti, le marquis de Wignacourt, galoper sous des arbres, que des idées de voyage me passèrent pour la première fois par la tête.

Quand j'entendais nos hôtes parler de Paris et de la cour, je devenais triste ; je cherchais à deviner ce que c'était que la société : je découvrais quelque chose de confus et de lointain ; mais bientôt je me troublais. Des tranquilles régions de l'innocence, en jetant les yeux sur le monde, j'avais des vertiges, comme

[1] J'ai éprouvé un sensible plaisir, en retrouvant, depuis la restauration, ce galant homme, distingué par sa fidélité et ses vertus chrétiennes. (Note de Genève, 1831).

lorsqu'on regarde la terre du haut de ces tours qui se perdent dans le ciel.

Une chose me charmait pourtant, la parade. Tous les jours, la garde montante défilait, tambour et musique en tête, au pied du perron, dans la Cour Verte. M. de Causans proposa de me montrer le camp de la côte : mon père y consentit.

Je fus conduit à Saint-Malo par M. de La Morandais, très-bon gentilhomme, mais que la pauvreté avait réduit à être régisseur de la terre de Combourg. Il portait un habit de camelot gris, avec un petit galon d'argent au collet, une têtière ou morion de feutre gris à oreilles, à une seule corne en avant. Il me mit à califourchon derrière lui, sur la croupe de sa jument *Isabelle*. Je me tenais au ceinturon de son couteau de chasse, attaché par-dessus son habit : j'étais enchanté. Lorsque Claude de Bullion et le père du président de Lamoignon, enfants, allaient en campagne, « on les portait tous les deux sur un même

« âne, dans des paniers, l'un d'un côté, l'autre « de l'autre, et l'on mettait un pain du côté de « Lamoignon, parce qu'il était plus léger que « son camarade, pour faire le contre-poids. » (*Mémoires du président de Lamoignon.*)

M. de La Morandais prit des chemins de traverse :

Moult volontiers, de grand'manière,
Alloit en bois et en rivière ;
Car nulles gens ne vont en bois
Moult volontiers comme François.

Nous nous arrêtâmes pour dîner à une abbaye de bénédictins, qui, faute d'un nombre suffisant de moines, venait d'être réunie à un chef-lieu de l'ordre. Nous n'y trouvâmes que le père procureur, chargé de la disposition des biens-meubles et de l'exploitation des futaies. Il nous fit servir un excellent dîner maigre, à l'ancienne bibliothèque du prieur : nous mangeâmes quantité d'œufs frais, avec des carpes et des brochets énormes. A travers l'arcade d'un cloître, je voyais de grands sycomores, qui bordaient un étang. La cognée les frappait au pied, leur cime tremblait dans l'air, et ils tombaient pour nous servir de spectacle. Des charpentiers, venus de Saint-Malo, sciaient à terre des branches vertes, comme on coupe une jeune chevelure, ou équarrissaient des troncs abattus. Mon cœur saignait à la vue de ces forêts ébréchées et de ce monastère déshabité. Le sac général des maisons religieuses m'a rappelé depuis le dépouillement de l'abbaye qui en fut pour moi le pronostic.

Arrivé à Saint-Malo, j'y trouvai le marquis de Causans; je parcourus sous sa garde les rues du camp. Les tentes, les faisceaux d'armes, les chevaux au piquet, formaient une belle scène avec la mer, les vaisseaux, les murailles et les clochers lointains de la ville. Je vis passer, en habit de hussard, au grand galop sur un barbe, un de ces hommes en qui finissait un monde, le duc de Lauzun. Le prince de Carignan, venu au camp, épousa la fille de

M. de Boisgarin, un peu boiteuse, mais charmante : cela fit grand bruit, et donna matière à un procès que plaide encore aujourd'hui M. Lacretelle l'aîné. Mais quel rapport ces choses ont-elles avec ma vie ? « A mesure que « la mémoire de mes privés amis, » dit Montaigne, « leur fournit la chose entière, ils recu- « lent si arrière leur narration, que si le conte « est bon, ils en étouffent la bonté ; s'il ne l'est « pas, vous êtes à maudire, ou l'heur de leur « mémoire ou le malheur de leur jugement. « J'ai vu des récits bien plaisants devenir très- « ennuyeux en la bouche d'un seigneur. » J'ai peur d'être ce seigneur.

Mon frère était à Saint-Malo, lorsque M. de La Morandais m'y déposa. Il me dit un soir : « Je te « mène au spectacle : prends ton chapeau. » Je perds la tête ; je descends droit à la cave pour chercher mon chapeau qui était au grenier. Une troupe de comédiens ambulants venait de débarquer. J'avais rencontré des marionnettes ; je supposais qu'on voyait au théâtre des polichinelles beaucoup plus beaux que ceux de la rue.

J'arrive, le cœur palpitant, à une salle bâtie en bois, dans une rue déserte de la ville. J'entre par des corridors noirs, non sans un certain mouvement de frayeur. On ouvre une petite porte, et me voilà avec mon frère dans une loge à moitié pleine.

Le rideau était levé, la pièce commencée : on jouait *le Père de famille*. J'aperçois deux hommes qui se promenaient sur le théâtre en causant, et que tout le monde regardait. Je les pris pour les directeurs des marionnettes, qui devisaient devant la cahute de madame Gigogne, en attendant l'arrivée du public : j'étais seulement étonné qu'ils parlassent si haut de leurs affaires et qu'on les écoutât en silence. Mon ébahissement redoubla, lorsque d'autres personnages arrivant sur la scène se mirent à faire de grands bras, à larmoyer, et lorsque chacun se prit à pleurer par contagion. Le rideau tomba sans que j'eusse rien compris à tout cela. Mon frère descendit au foyer entre les deux pièces. Demeuré dans la loge au milieu des étrangers dont ma timidité me faisait un supplice, j'aurais voulu être au fond de mon collége. Telle fut la première impression que je reçus de l'art de Sophocle et de Molière.

La troisième année de mon séjour à Dol fut marquée par le mariage de mes deux sœurs aînées : Marianne épousa le comte de Marigny, et Bénigne le comte de Québriac. Elles suivirent leurs maris à Fougères : signal de la dispersion d'une famille dont les membres devaient bientôt se séparer. Mes sœurs reçurent la bénédiction nuptiale à Combourg le même jour, à la même heure, au même autel, dans la chapelle du château. Elles pleuraient, ma mère pleurait; je fus étonné de cette douleur : je la comprends aujourd'hui. Je n'assiste pas à un baptême ou à un mariage sans sourire amèrement ou sans éprouver un serrement de cœur. Après le malheur de naître, je n'en connais pas de plus grand que celui de donner le jour à un homme.

Cette même année commença une révolution dans ma personne comme dans ma famille. Le hasard fit tomber entre mes mains deux livres bien divers, un *Horace* non châtié et une histoire des *Confessions mal faites*. Le bouleversement d'idées que ces deux livres me causèrent est incroyable : un monde étrange s'éleva autour de moi. D'un côté, je soupçonnai des secrets incompréhensibles à mon âge, une existence différente de la mienne, des plaisirs au delà de mes jeux, des charmes d'une nature ignorée dans un sexe où je n'avais vu qu'une mère et des sœurs; d'un autre côté, des spectres traînant des chaînes et vomissant des flammes m'annonçaient les supplices éternels pour un seul péché dissimulé. Je perdis le sommeil; la nuit, je croyais voir tour à tour des mains noires et des mains blanches passer à travers mes rideaux : je vins à me figurer que ces dernières mains étaient maudites par la religion, et cette idée accrut mon épouvante des ombres infernales. Je cherchais en vain dans le ciel et dans l'enfer l'explication d'un double mystère. Frappé à la fois au moral et au physique, je luttais encore avec mon innocence contre les orages d'une passion prématurée et les terreurs de la superstition.

Dès lors je sentis s'échapper quelques étincelles de ce feu qui est la transmission de la vie. J'expliquais le quatrième livre de l'*Énéide* et lisais le *Télémaque :* tout à coup je découvris dans Didon et dans Eucharis des beautés qui me ravirent; je devins sensible à l'harmonie de ces vers admirables et de cette prose antique. Je traduisis un jour à livre ouvert l'*Æneadum genitrix, hominum divûmque voluptas* de Lucrèce avec tant de vivacité, que M. Egault m'arracha le poëme et me jeta dans les racines grecques. Je dérobai un *Tibulle :* quand j'arrivai au *Quam juvat immites ventos audire cubantem,* ces sentiments de volupté et de mélancolie semblèrent me révéler ma propre nature. Les volumes de Massillon qui contenaient les sermons de la *Pécheresse* et de l'*Enfant prodigue* ne me quittaient plus. On me les laissait feuilleter, car on ne se doutait guère de ce que j'y trouvais. Je volais de petits bouts de cierges dans la chapelle pour lire la nuit ces descriptions séduisantes des désordres de l'âme. Je m'endormais en balbutiant des phrases incohérentes, où je tâchais de mettre la douceur, le nombre et la grâce de l'écrivain qui a le mieux transporté dans la prose l'euphonie Racinienne.

Si j'ai, dans la suite, peint avec quelque vérité les entraînements du cœur mêlés aux syndérèses chrétiennes, je suis persuadé que j'ai dû ce succès au hasard qui me fit connaître au même moment deux empires ennemis. Les ravages que porta dans mon imagination un mauvais livre, eurent leur correctif dans les frayeurs qu'un autre livre m'inspira, et celles-ci furent comme allanguies par les molles pensées que m'avaient laissées des tableaux sans voile.

Dieppe, fin d'octobre 1812.

Aventure de la pie. — Troisièmes vacances à Combourg. — Le charlatan. — Rentrée au collége.

Ce qu'on dit d'un malheur, qu'il n'arrive jamais seul, on le peut dire des passions : elles viennent ensemble, comme les muses ou comme les furies. Avec le penchant qui commençait à me tourmenter, naquit en moi l'honneur; exaltation de l'âme, qui maintient le cœur incorruptible au milieu de la corruption; sorte de principe réparateur placé auprès d'un principe dévorant, comme la source inépuisable des prodiges que l'amour demande à la jeunesse et des sacrifices qu'il impose.

Lorsque le temps était beau, les pensionnaires du collége sortaient le jeudi et le dimanche. On nous menait souvent au Mont-Dol, au sommet duquel se trouvaient quelques ruines gallo-romaines : du haut de ce tertre isolé, l'œil plane sur la mer et sur des marais où voltigent pendant la nuit des feux follets, lumière des sorciers qui brûle aujourd'hui dans nos lampes. Un autre but de nos promenades était les prés qui environnaient un séminaire d'*Eudistes*, d'Eudes, frère de l'historien Mézerai, fondateur de leur congrégation.

Un jour du mois de mai, l'abbé Egault, préfet de semaine, nous avait conduits à ce séminaire : on nous laissait une grande liberté de jeux, mais il était expressément défendu de monter sur les arbres. Le régent, après nous avoir établis dans un chemin herbu, s'éloigna pour dire son bréviaire.

Des ormes bordaient le chemin ; tout à la cime du plus grand, brillait un nid de pie : nous voilà en admiration, nous montrant mutuellement la mère assise sur ses œufs, et pressés du plus vif désir de saisir cette superbe proie. Mais qui oserait tenter l'aventure ? L'ordre était si sévère, le régent si près, l'arbre si haut ! Toutes les espérances se tournent vers moi ; je grimpais comme un chat. J'hésite, puis la gloire l'emporte : je me dépouille de mon habit, j'embrasse l'orme et je commence à monter. Le tronc était sans branches, excepté aux deux tiers de sa crue, où se formait une fourche dont une des pointes portait le nid.

Mes camarades, assemblés sous l'arbre, applaudissaient à mes efforts, me regardant, regardant l'endroit d'où pouvait venir le préfet, trépignant de joie dans l'espoir des œufs, mourant de peur dans l'attente du châtiment. J'aborde au nid; la pie s'envole; je ravis les œufs, je les mets dans ma chemise et redescends. Malheureusement, je me laisse glisser entre les tiges jumelles et j'y reste à califourchon. L'arbre étant élagué, je ne pouvais appuyer mes pieds ni à droite ni à gauche pour me soulever et reprendre le limbe extérieur : je demeure suspendu en l'air à cinquante pieds.

Tout à coup un cri : « Voici le préfet! » et je me vois incontinent abandonné de mes amis, comme c'est l'usage. Un seul, appelé Le Gobbien, essaya de me porter secours, et fut tôt obligé de renoncer à sa généreuse entreprise. Il n'y avait qu'un moyen de sortir de ma fâcheuse position, c'était de me suspendre en dehors par les mains à l'une des deux dents de la fourche, et de tâcher de saisir avec mes pieds le tronc de l'arbre au-dessous de sa bifurcation. J'exécutai cette manœuvre au péril de ma vie. Au milieu de mes tribulations, je n'avais pas lâché mon trésor; j'aurais pourtant mieux fait de le jeter, comme depuis j'en ai jeté tant d'autres. En dévalant le tronc, je m'écorchai les mains, je m'éraillai les jambes et la poitrine, et j'écrasai les œufs : ce fut ce qui me perdit. Le préfet ne m'avait point vu sur l'orme ; je lui cachai assez bien mon sang, mais il n'y eut pas moyen de lui dérober l'éclatante couleur d'or dont j'étais barbouillé. « Allons, me dit-il, monsieur, vous aurez le fouet. »

Si cet homme m'eût annoncé qu'il commuait cette peine en celle de mort, j'aurais éprouvé un mouvement de joie. L'idée de la honte n'avait point approché de mon éducation sauvage : à tous les âges de ma vie, il n'y a point de supplice que je n'eusse préféré à l'horreur d'avoir à rougir devant une créature vivante. L'indignation s'éleva dans mon cœur ; je répondis à l'abbé Egault, avec l'accent non d'un enfant, mais d'un homme, que jamais ni lui ni personne ne lèverait la main sur moi. Cette réponse l'anima ; il m'appela rebelle et promit de faire un exemple. « Nous verrons, » répliquai-je, et je me mis à jouer à la balle avec un sang-froid qui le confondit.

Nous retournâmes au collége ; le régent me fit entrer chez lui et m'ordonna de me soumettre. Mes sentiments exaltés firent place à des torrents de larmes. Je représentai à l'abbé Egault qu'il m'avait appris le latin ; que j'étais son écolier, son disciple, son enfant ; qu'il ne voudrait pas déshonorer son élève, et me rendre la vue de mes compagnons insupportable ; qu'il pouvait me mettre en prison, au pain et à l'eau, me priver de mes récréations, me charger de *pensums;* que je lui saurais gré de cette clémence et l'en aimerais davantage. Je tombai à ses genoux, je joignis les mains, je le suppliai par Jésus-Christ de m'épargner : il demeura sourd à mes prières. Je me levai plein de rage, et lui lançai dans les jambes un coup de pied si rude, qu'il en poussa un cri. Il court en clochant à la porte de sa chambre, la ferme à double tour et revient sur moi. Je me retranche derrière son lit; il m'allonge à travers le lit des coups de férule. Je m'entortille dans la couverture, et, m'animant au combat, je m'écrie :

> Macte animo, generose puer!

Cette érudition de grimaud fit rire malgré lui mon ennemi; il parla d'armistice : nous conclûmes un traité; je convins de m'en rapporter à l'arbitrage du principal. Sans me donner gain de cause, le principal me voulut bien soustraire à la punition que j'avais repoussée. Quand l'excellent prêtre prononça mon acquittement, je baisai la manche de sa robe avec une telle effusion de cœur et de reconnaissance, qu'il ne se put empêcher de me donner sa bénédiction. Ainsi se termina le premier combat que me fit rendre cet honneur devenu l'idole de ma vie, et auquel j'ai tant de fois sacrifié repos, plaisir et fortune.

Les vacances où j'entrai dans ma douzième année furent tristes; l'abbé Leprince m'accompagna à Combourg. Je ne sortais qu'avec mon précepteur; nous faisions au hasard de longues promenades. Il se mourait de la poitrine; il était mélancolique et silencieux; je n'étais guère plus gai. Nous marchions des heures entières à la suite l'un de l'autre sans prononcer une parole. Un jour, nous nous égarâmes dans des bois; M. Leprince se tourna vers moi et me dit: « Quel chemin faut-il prendre? » je répondis sans hésiter: « Le soleil se couche; il frappe à présent la fenêtre de la grosse tour: marchons par-là. » M. Leprince raconta le soir la chose à mon père: le futur voyageur se montra dans ce jugement. Maintes fois, en voyant le soleil se coucher dans les forêts de l'Amérique, je me suis rappelé les bois de Combourg: mes souvenirs se font écho.

L'abbé Leprince désirait que l'on me donnât un cheval; mais dans les idées de mon père, un officier de marine ne devait savoir manier que son vaisseau. J'étais réduit à monter à la dérobée deux grosses juments de carrosse ou un grand cheval pie. La *Pie* n'était pas, comme celle de Turenne, un de ces destriers nommés par les Romains *desultorios equos*, et façonnés à secourir leur maître ; c'était un Pégase lunatique qui ferrait en trottant, et qui me mordait les jambes quand je le forçais à sauter des fossés. Je ne me suis jamais beaucoup soucié de chevaux, quoique j'aie mené la vie d'un Tartare, et contre l'effet que ma première éducation aurait dû produire, je monte à cheval avec plus d'élégance que de solidité.

La fièvre tierce, dont j'avais apporté le germe des marais de Dol, me débarrassa de M. Leprince. Un marchand d'orviétan passa dans le village ; mon père, qui ne croyait point aux médecins, croyait aux charlatans : il envoya chercher l'empirique, qui déclara me guérir en vingt-quatre heures. Il revint le lendemain, habit vert galonné d'or, large tignasse poudrée, grandes manchettes de mousseline sale, faux brillants aux doigts, culotte de satin noir usé, bas de soie d'un blanc bleuâtre, et souliers avec des boucles énormes.

Il ouvre mes rideaux, me tâte le pouls, me fait tirer la langue, baragouine avec un accent italien quelques mots sur la nécessité de me purger, et me donne à manger un petit morceau de caramel. Mon père approuvait l'affaire, car il prétendait que toute maladie venait d'indigestion, et que pour toute espèce de maux, il fallait purger son homme jusqu'au sang.

Une demi-heure après avoir avalé le caramel, je fus pris de vomissements effroyables; on avertit M. de Chateaubriand, qui voulait faire sauter le pauvre diable par la fenêtre de la tour. Celui-ci, épouvanté, met habit bas, retrousse les manches de sa chemise en faisant les gestes les plus grotesques. A chaque mouvement, sa perruque tournait en tous sens; il répétait mes cris et ajoutait après : « *Che? monsou Lavandier?* » Ce monsieur Lavandier était le pharmacien du village, qu'on avait appelé au secours. Je ne savais, au milieu de mes douleurs, si je mourrais des drogues de cet homme ou des éclats de rire qu'il m'arrachait.

On arrêta les effets de cette trop forte dose d'émétique, et je fus remis sur pied. Toute notre vie se passe à errer autour de notre tombe ; nos diverses maladies sont des souffles qui nous approchent plus ou moins du port. Le premier mort que j'aie vu, était un chanoine de Saint-Malo ; il gisait expiré sur son lit, le visage distors par les dernières convulsions. La mort est belle, elle est notre amie ; néanmoins, nous ne la reconnaissons pas, parce qu'elle se présente à nous masquée et que son masque nous épouvante.

On me renvoya au collége à la fin de l'automne.

Vallée-aux-Loups, décembre 1813.

Invasion de la France. — Jeux. — L'abbé de Chateaubriand.

De Dieppe où l'injonction de la police m'avait obligé de me réfugier, on m'a permis de revenir à la Vallée-aux-Loups, où je continue ma narration. La terre tremble sous les pas du soldat étranger, qui dans ce moment même envahit ma patrie; j'écris comme les derniers

Romains, au bruit de l'invasion des Barbares. Le jour je trace des pages aussi agitées que les événements de ce jour[1]; la nuit, tandis que le roulement du canon lointain expire dans mes bois, je retourne au silence des années qui dorment dans la tombe, à la paix de mes plus jeunes souvenirs. Que le passé d'un homme est étroit et court, à côté du vaste présent des peuples et de leur avenir immense !

Les mathématiques, le grec et le latin occupèrent tout mon hiver au collége. Ce qui n'était pas consacré à l'étude était donné à ces jeux du commencement de la vie, pareils en tous lieux. Le petit Anglais, le petit Allemand, le petit Italien, le petit Espagnol, le petit Iroquois, le petit Bédouin roulent le cerceau et lancent la balle. Frères d'une grande famille, les enfants ne perdent leurs traits de ressemblance qu'en perdant l'innocence, la même partout. Alors les passions modifiées par les climats, les gouvernements et les mœurs font les nations di-

[1] *De Bonaparte et des Bourbons.* (Note de Genève, 1831).

verses ; le genre humain cesse de s'entendre et de parler le même langage : c'est la société qui est la véritable tour de Babel.

Un matin, j'étais très-animé à une partie de barres dans la grande cour du collége; on me vint dire qu'on me demandait. Je suivis le domestique à la porte extérieure. Je trouve un gros homme, rouge de visage, les manières brusques et impatientes, le ton farouche, ayant un bâton à la main, portant une perruque noire mal frisée, une soutane déchirée retroussée dans ses poches, des souliers poudreux, des bas percés au talon : « Petit polisson, me dit-il, « n'êtes-vous pas le chevalier de Chateau- « briand de Combourg? — Oui, monsieur, » répondis-je tout étourdi de l'apostrophe. « — Et « moi, reprit-il presque écumant, je suis le « dernier aîné de votre famille, je suis l'abbé de « Chateaubriand de la Guérande : regardez- « moi bien. » Le fier abbé met la main dans le gousset d'une vieille culotte de panne, prend un écu de six francs moisi, enveloppé dans un papier crasseux, me le jette au nez et continue à pied son voyage en marmottant ses matines d'un air furibond. J'ai su depuis que le prince de Condé avait fait offrir à ce hobereau-vicaire le préceptorat du duc de Bourbon. Le prêtre outre-cuidé répondit que le prince, possesseur de la baronie de Chateaubriand, devait savoir que les héritiers de cette baronie pouvaient avoir des précepteurs, mais n'étaient les précepteurs de personne. Cette hauteur était le défaut de ma famille ; elle était odieuse dans mon père ; mon frère la poussait jusqu'au ridicule ; elle a un peu passé à son fils aîné. — Je ne suis pas bien sûr, malgré mes inclinations républicaines, de m'en être complétement affranchi, bien que je l'aie soigneusement cachée.

Première communion. — Je quitte le collége de Dol.

L'époque de ma première communion approchait, moment où l'on décidait dans la famille de l'état futur de l'enfant. Cette cérémonie religieuse remplaçait parmi les jeunes chrétiens la prise de la robe virile chez les Romains. Madame de Chateaubriand était venue assister à la première communion d'un fils qui, après s'être uni à son Dieu, allait se séparer de sa mère.

Ma piété paraissait sincère; j'édifiais tout le collége : mes regards étaient ardents; mes abstinences répétées allaient jusqu'à donner de l'inquiétude à mes maîtres. On craignait l'excès de ma dévotion; une religion éclairée cherchait à tempérer ma ferveur.

J'avais pour confesseur le supérieur du séminaire des Eudistes, homme de cinquante ans, d'un aspect rigide. Toutes les fois que je me présentais au tribunal de la pénitence, il m'interrogeait avec anxiété. Surpris de la légèreté de mes fautes, il ne savait comment accorder mon trouble avec le peu d'importance des secrets que je déposais dans son sein. Plus le jour de Pâques s'avoisinait, plus les questions du religieux étaient pressantes. « Ne me cachez-vous rien? » me disait-il. Je répondais : « Non, mon père. — N'avez-vous « pas fait telle faute? — Non, mon père. » Et toujours : « Non, mon père. » Il me renvoyait en doutant, en soupirant, en me regardant jusqu'au fond de l'âme, et moi, je sortais de sa présence, pâle et défiguré comme un criminel.

Je devais recevoir l'absolution le mercredi saint. Je passai la nuit du mardi au mercredi en prières, et à lire avec terreur, le livre des *Confessions mal faites*. Le mercredi, à trois heures de l'après-midi, nous partîmes pour le séminaire ; nos parents nous accompagnaient. Tout le vain bruit qui s'est depuis attaché à mon nom, n'aurait pas donné à madame de Chateaubriand un seul instant de l'orgueil qu'elle éprouvait comme chrétienne et comme mère, en voyant son fils prêt à participer au grand mystère de la religion.

En arrivant à l'église, je me prosternai devant le sanctuaire et j'y restai comme anéanti. Lorsque je me levai pour me rendre à la sacristie, où m'attendait le supérieur, mes genoux tremblaient sous moi. Je me jetai aux pieds du prêtre ; ce ne fut que de la voix la plus altérée que je parvins à prononcer mon *Confiteor*. « Eh bien, n'avez-vous rien oublié ? » me dit l'homme de Jésus-Christ. Je demeurai muet. Ses questions recommencèrent, et le fatal *non, mon père,* sortit de ma bouche. Il se recueillit, il demanda des conseils à Celui qui conféra aux apôtres le pouvoir de lier et de délier les âmes. Alors, faisant un effort, il se prépare à me donner l'absolution.

La foudre que le Ciel eût lancée sur moi, m'aurait causé moins d'épouvante, je m'écriai : « Je n'ai pas tout dit ! » Ce redoutable juge, ce délégué du souverain Arbitre, dont le visage m'inspirait tant de crainte, devient le pasteur le plus tendre ; il m'embrasse et fond en larmes : « Allons, me dit-il, mon cher fils, du cou-« rage ! »

Je n'aurai jamais un tel moment dans ma vie. Si l'on m'avait débarrassé du poids d'une montagne, on ne m'eût pas plus soulagé : je sanglottais de bonheur. J'ose dire que c'est de ce jour que j'ai été créé honnête homme; je sentis que je ne survivrais jamais à un remords : quel doit donc être celui du crime, si j'ai pu tant souffrir pour avoir tu les faiblesses d'un enfant! Mais combien elle est divine cette religion qui se peut emparer ainsi de nos bonnes facultés! Quels préceptes de morale suppléeront jamais à ces institutions chrétiennes?

Le premier aveu fait, rien ne me coûta plus : mes puérilités cachées, et qui auraient fait rire le monde, furent pesées au poids de la religion. Le supérieur se trouva fort embarrassé; il aurait voulu retarder ma communion, mais j'allais quitter le collége de Dol et bientôt entrer au service dans la marine. Il découvrit avec une grande sagacité, dans le caractère même de mes *juveniles*, tout insignifiantes qu'elles étaient, la nature de mes penchants; c'est le premier homme qui ait pénétré le secret de ce que je pouvais être. Il devina mes futures passions; il ne me cacha pas ce qu'il croyait voir de bon en moi, mais il me prédit aussi mes maux à venir. « Enfin, ajouta-t-il, le temps manque à votre « pénitence; mais vous êtes lavé de vos péchés « par un aveu courageux, quoique tardif. » Il prononça, en levant la main, la formule de l'absolution. Cette seconde fois, ce bras foudroyant ne fit descendre sur ma tête que la rosée céleste; j'inclinai mon front pour la recevoir; ce que je sentais participait de la félicité des anges. Je m'allai précipiter dans le sein de ma mère qui m'attendait au pied de l'autel. Je ne parus plus le même à mes maîtres et à mes camarades; je marchais d'un pas léger, la tête haute, l'air radieux, dans tout le triomphe du repentir.

Le lendemain, Jeudi-Saint, je fus admis à cette cérémonie touchante et sublime dont j'ai vainement essayé de tracer le tableau dans le *Génie du christianisme*. J'y aurais pu retrouver mes petites humiliations accoutumées : mon bouquet et mes habits étaient moins beaux que ceux de mes compagnons; mais ce jour-là, tout fut à Dieu et pour Dieu. Je sais parfaitement ce que c'est que la Foi : la présence réelle de la victime dans le saint sacrement de l'autel m'était aussi sensible que la présence de ma mère à mes côtés. Quand l'hostie fut déposée sur mes lèvres, je me sentis comme tout éclairé en dedans. Je tremblais de respect, et la seule chose matérielle qui m'occupât était la crainte de profaner le pain sacré.

> Le pain que je vous propose
> Sert aux anges d'aliment,
> Dieu lui-même le compose
> De la fleur de son froment. RACINE.

Je conçus encore le courage des martyrs; j'aurais pu dans ce moment confesser le Christ sur le chevalet ou au milieu des lions.

J'aime à rappeler ces félicités qui précédèrent de peu d'instants dans mon âme les tribulations du monde. En comparant ces ardeurs aux transports que je vais peindre; en voyant le même cœur éprouver dans l'intervalle de trois ou quatre années, tout ce que l'innocence et la religion ont de plus doux et de plus salutaire, et tout ce que les passions ont de plus séduisant et de plus funeste, on choisira des deux joies ; on verra de quel côté il faut chercher le bonheur et surtout le repos.

Trois semaines après ma première communion, je quittai le collége de Dol. Il me reste de cette maison un agréable souvenir : notre enfance laisse quelque chose d'elle-même aux lieux embellis par elle, comme une fleur communique un parfum aux objets qu'elle a touchés. Je m'attendris encore aujourd'hui en songeant à la dispersion de mes premiers camarades et de mes premiers maîtres. L'abbé Leprince, nommé à un bénéfice auprès de Rouen, vécut peu; l'abbé Egault obtint une cure dans le diocèse de Rennes, et j'ai vu mourir le bon principal, l'abbé Porcher, au commencement de la Révolution : il était instruit, doux et simple de cœur. La mémoire de cet obscur Rollin me sera toujours chère et vénérable.

—

Vallée-aux-Loups, fin de décembre 1813.

Mission à Combourg. — Collége de Rennes. — Je retrouve Gesril. — Moreau, Limoëlan. — Mariage de ma troisième sœur.

Je trouvai à Combourg de quoi nourrir ma piété, une mission ; j'en suivis les exercices. Je reçus la confirmation sur le perron du manoir, avec les paysans et les paysannes, de la main de l'évêque de Saint-Malo. Après cela, on érigea une croix ; j'aidai à la soutenir, tandis qu'on la fixait sur sa base. Elle existe encore : elle s'élève devant la tour où est mort mon père. Depuis trente années elle n'a vu paraître personne aux fenêtres de cette tour ; elle n'est plus saluée des enfants du château ; chaque printemps elle les attend en vain ; elle ne voit revenir que les hirondelles, compagnes de mon enfance, plus fidèles à leur nid que l'homme à sa maison. Heureux si ma vie s'était écoulée au pied de la croix de la mission, si mes cheveux n'eussent été blanchis que par le temps qui a couvert de mousse les branches de cette croix !

Je ne tardai pas à partir pour Rennes : j'y devais continuer mes études et clore mon cours de mathématiques, afin de subir ensuite à Brest l'examen de garde-marine.

M. de Fayolle était principal du collége de Rennes. On comptait dans ce Juilly de la Bretagne trois professeurs distingués, l'abbé de Chateaugiron pour la seconde, l'abbé Germé pour la rhétorique, l'abbé Marchand pour la physique. Le pensionnat et les externes étaient nombreux, les classes fortes. Dans les derniers temps, Geoffroy et Ginguené, sortis de ce collége, auraient fait honneur à Sainte-Barbe et au Plessis. Le chevalier de Parny avait aussi étudié à Rennes; j'héritai de son lit dans la chambre qui me fut assignée.

Rennes me semblait une Babylone, le collége un monde. La multitude des maîtres et des écoliers, la grandeur des bâtiments, du jardin et des cours, me paraissaient démesurées : je m'y habituai cependant. A la fête du Principal, nous avions des jours de congé; nous chantions à tue-tête à sa louange de superbes couplets de notre façon, où nous disions :

> O Terpsichore, ô Polymnie,
> Venez, venez remplir nos vœux;
> La raison même vous convie!

Je pris sur mes nouveaux camarades l'ascendant que j'avais eu à Dol sur mes anciens compagnons : il m'en coûta quelques horions. Les babouins bretons sont d'une humeur bargneuse; on s'envoyait des cartels pour les jours de promenade, dans les bosquets du jardin des Bénédictins, appelé *le Thabor :* nous nous servions de compas de mathématiques attachés au bout d'une canne, ou nous en venions à une lutte corps à corps plus ou moins félone ou courtoise, selon la gravité du défi. Il y avait des juges du camp qui décidaient s'il échéait gage, et de quelle manière les champions mèneraient des mains. Le combat ne cessait que quand une des deux parties s'avouait vaincue. Je retrouvai au collége mon ami Gesril, qui présidait comme à Saint-Malo, à ces engagements. Il voulait être mon second dans une affaire que j'eus avec Saint-Riveul, jeune gentilhomme qui devint la première victime de la révolution. Je tombai sous mon adversaire, refusai de me rendre et payai cher ma superbe. Je disais comme Jean Desmarest, allant à l'échafaud : « Je ne crie merci qu'à Dieu. »

Je rencontrai à ce collége deux hommes devenus depuis différemment célèbres : Moreau le général, et Limoëlan, auteur de la machine infernale, aujourd'hui prêtre en Amérique. Il n'existe qu'un portrait de Lucile, et cette méchante miniature a été faite par Limoëlan, devenu peintre pendant les détresses révolutionnaires. Moreau était externe, Limoëlan pensionnaire. On a rarement trouvé à la même époque, dans une même province, dans une même petite ville, dans une même maison d'éducation, des destinées aussi singulières. Je ne puis m'empêcher de raconter un tour d'écolier que joua au préfet de semaine mon camarade Limoëlan.

Le préfet avait coutume de faire sa ronde dans les corridors, après la retraite, pour voir si tout était bien : il regardait à cet effet par un trou pratiqué dans chaque porte. Limoëlan, Gesril, Saint-Riveul et moi nous couchions dans la même chambre :

D'animaux malfaisants c'était un fort bon plat.

Vainement avions-nous plusieurs fois bouché

le trou avec du papier; le préfet poussait le papier et nous surprenait sautant sur nos lits et cassant nos chaises.

Un soir Limoëlan, sans nous communiquer son projet, nous engage à nous coucher et à éteindre la lumière. Bientôt nous l'entendons se lever, aller à la porte, et puis se remettre au lit. Un quart-d'heure après, voici venir le préfet sur la pointe du pied. Comme avec raison nous lui étions suspects, il s'arrête à la porte, écoute, regarde, n'aperçoit point de lumière. . . . .

« Qui est-ce qui a fait cela ? » s'écrie-t-il en se précipitant dans la chambre. Limoëlan d'étouf-fffer de rire et Gesril de dire en nasillant, avec son air moitié niais, moitié goguenard : « Qu'est-ce donc, monsieur le préfet ? » Voilà Saint-Riveul et moi à rire comme Limoëlan et à nous cacher sous nos couvertures.

On ne put rien tirer de nous : nous fûmes héroïques. Nous fûmes mis tous quatre en prison au *caveau* : Saint-Riveul fouilla la terre sous une porte qui communiquait à la basse-cour; il engagea sa tête dans cette taupinière, un porc accourut et lui pensa manger la cervelle; Gesril se glissa dans les caves du collége et mit couler un tonneau de vin; Limoëlan démolit un mur, et moi, nouveau Perrin Dandin, grimpant dans un soupirail, j'ameutai la canaille de la rue par mes harangues. Le terrible auteur de la machine infernale, jouant cette niche de polisson à un préfet de collége, rappelle en petit Cromwell, barbouillant d'encre la figure d'un autre régicide, qui signait après lui l'arrêt de mort de Charles Ier.

Quoique l'éducation fût très-religieuse au collége de Rennes, ma ferveur se ralentit : le grand nombre de mes maîtres et de mes camarades multipliait les occasions de distraction. J'avançai dans l'étude des langues; je devins fort en mathématiques, pour lesquelles j'ai toujours eu un penchant décidé : j'aurais fait un bon officier de marine ou de génie. En tout, j'étais né avec des dispositions faciles : sensible aux choses sérieuses comme aux choses agréables, j'ai commencé par la poésie, avant d'en venir à la prose; les arts me transportaient; j'ai passionnément aimé la musique et l'architecture. Quoique prompt à m'ennuyer de tout, j'étais capable des plus petits détails; étant doué d'une patience à toute épreuve, quoique fatigué de l'objet qui m'occupait, mon obstination était plus forte que mon dégoût. Je n'ai jamais abandonné une affaire quand elle a valu la peine d'être achevée; il y a telle chose que j'ai poursuivie quinze et vingt ans de ma vie, aussi plein d'ardeur le dernier jour que le premier.

Cette souplesse de mon intelligence se retrouvait dans les choses secondaires. J'étais habile aux échecs, adroit au billard, à la chasse, au maniement des armes; je dessinais passablement; j'aurais bien chanté, si l'on eût pris soin de ma voix. Tout cela, joint au genre de mon éducation, à une vie de soldat et de voyageur, fait que je n'ai point senti mon pédant, que je n'ai jamais eu l'air hébêté ou suffisant, la gaucherie, les habitudes crasseuses des hommes de lettres d'autrefois, encore moins la morgue et l'assurance, l'envie et la vanité fanfaronne des nouveaux auteurs.

Je passai deux ans au collége de Rennes ; Gesril le quitta dix-huit mois avant moi. Il entra dans la marine. Julie, ma troisième sœur, se maria dans le cours de ces deux années : elle épousa le comte de Farcy, capitaine au régiment de Condé, et s'établit avec son mari à Fougères, où déjà habitaient mes deux sœurs aînées, mesdames de Marigny et de Québriac. Le mariage de Julie eut lieu à Combourg, et j'assistai à la noce. J'y rencontrai cette comtesse de Tronjoli, qui se fit remarquer par son intrépidité à l'échafaud : cousine et intime amie du marquis de La Rouërie, elle fut mêlée à sa conspiration. Je n'avais encore vu la beauté qu'au milieu de ma famille ; je restai confondu en l'apercevant sur le visage d'une femme étrangère. Chaque pas dans la vie m'ouvrait une nouvelle perspective; j'entendais la voix lointaine et séduisante des passions qui venaient à moi; je me précipitais au devant de ces sirènes, attiré par une harmonie inconnue. Il se trouva que, comme le grand-prêtre d'Eleusis, j'avais des encens divers pour chaque divinité. Mais les hymnes que je chantais, en brûlant ces encens, pouvaient-ils s'appeler *baumes,* ainsi que les poésies de l'hiérophante?

La Vallée-aux-Loups, janvier 1814.

Je suis envoyé à Brest pour subir l'examen de garde de marine. — Le port de Brest. — Je retrouve encore Gesril. — La Pérouse. — Je reviens à Combourg.

Après le mariage de Julie, je partis pour Brest. En quittant le grand collége de Rennes, je ne sentis point le regret que j'éprouvai en sortant du petit collége de Dol; peut-être n'avais-je plus cette innocence qui nous fait un charme de tout; le temps commençait à la déclore. J'eus pour mentor dans ma nouvelle position un de mes oncles maternels, le comte Ravenel de Boisteilleul, chef d'escadre, dont un des fils, officier très-distingué d'artillerie dans les armées de Bonaparte, a épousé la fille unique de ma sœur la comtesse de Farcy.

Arrivé à Brest, je ne trouvai point mon brevet d'aspirant ; je ne sais quel accident l'avait retardé. Je restai ce qu'on appelait *soupirant,* et comme tel, exempt d'études régulières. Mon oncle me mit en pension dans la rue de Siam, à une table d'hôte d'aspirants, et me présenta au commandant de la marine, le comte Hector.

Abandonné à moi-même pour la première fois, au lieu de me lier avec mes futurs camarades, je me renfermai dans mon instinct solitaire. Ma société habituelle se réduisit à mes maîtres d'escrime, de dessin et de mathématiques.

Cette mer que je devais rencontrer sur tant de rivages, baignait à Brest l'extrémité de la péninsule Armoricaine ; après ce cap avancé, il n'y avait plus rien qu'un océan sans bornes et des mondes inconnus ; mon imagination se jouait dans ces espaces. Souvent, assis sur quelque mât qui gisait le long du quai de Recouvrance, je regardais les mouvements de la foule : constructeurs, matelots, militaires, douaniers, forçats, passaient et repassaient devant moi. Des voyageurs débarquaient et s'embarquaient, des pilotes commandaient la manœuvre, des charpentiers équarrissaient des pièces de bois, des cordiers filaient des câbles, des mousses allumaient des feux sous des chaudières d'où sortaient une épaisse fumée et la saine odeur du goudron. On portait, on reportait, on roulait de la marine aux magasins, et des magasins à la marine des ballots de marchandises, des sacs de vivres, des trains d'artillerie. Ici des charrettes s'avançaient dans l'eau à reculons pour recevoir des chargements ; là, des palans enlevaient des fardeaux, tandis que des grues descendaient des pierres, et que des cure-môles creusaient des attérissements. Des forts répétaient des signaux, des chaloupes allaient et venaient, des vaisseaux appareillaient ou rentraient dans les bassins.

Mon esprit se remplissait d'idées vagues sur la société, sur ses biens et ses maux. Je ne sais quelle tristesse me gagnait; je quittais le mât sur lequel j'étais assis ; je remontais le Penfeld, qui se jette dans le port ; j'arrivais à un coude où ce port disparaissait. Là, ne voyant plus rien qu'une vallée tourbeuse, mais entendant encore le murmure confus de la mer et la voix des hommes, je me couchais au bord de la petite rivière. Tantôt regardant couler l'eau, tantôt suivant des yeux le vol de la corneille marine, jouissant du silence autour de moi, ou prêtant l'oreille aux coups de marteau du calfat, je tombais dans la plus profonde rêverie. Au milieu de cette rêverie, si le vent m'apportait le son du canon d'un vaisseau qui mettait à la voile, je tressaillais et des larmes mouillaient mes yeux.

Un jour, j'avais dirigé ma promenade vers l'extrémité extérieure du port, du côté de la mer : il faisait chaud, je m'étendis sur la grève et m'endormis. Tout-à-coup, je suis réveillé par un bruit magnifique; j'ouvre les yeux, comme Auguste pour voir les trirèmes dans les mouillages de la Sicile, après la victoire sur Sextus Pompée; les détonations de l'artillerie se succédaient; la rade était semée de navires : la grande escadre française rentrait après la signature de la paix. Les vaisseaux manœuvraient sous voile, se couvraient de feux, arboraient des pavillons, présentaient la poupe, la proue, le flanc, s'arrêtaient en jetant l'ancre au milieu de leur course, ou continuaient à voltiger sur les flots. Rien ne m'a jamais donné une plus haute idée de l'esprit humain; l'homme semblait emprunter dans ce moment quelque chose de Celui qui a dit à la mer : « Tu n'iras pas plus loin. *Non procedes ampliùs.* »

Tout Brest accourut. Des chaloupes se détachent de la flotte et abordent au Môle. Les officiers dont elles étaient remplies, le visage brûlé

On voit comment mon caractère se formait, quel tour prenaient mes idées, quelles furent les premières atteintes de mon génie, car j'en puis parler comme d'un mal, quel qu'ait été ce génie, rare ou vulgaire, méritant ou ne méritant pas le nom que je lui donne, faute d'un autre mot pour m'exprimer. Plus semblable au reste des hommes, j'eusse été plus heureux : celui qui, sans m'ôter l'esprit, fût parvenu à tuer ce qu'on appelle mon talent, m'aurait traité en ami.

Lorsque le comte de Boisteilleul me conduisait chez M. Hector, j'entendais les jeunes et les vieux marins raconter leurs campagnes, et causer des pays qu'ils avaient parcourus : l'un arrivait de l'Inde, l'autre de l'Amérique; celui-là devait appareiller pour faire le tour du monde, celui-ci allait rejoindre la station de la Méditerranée, visiter les côtes de la Grèce. Mon oncle me montra La Pérouse dans la foule, nouveau Cook dont la mort est le secret des tempêtes. J'écoutais tout, je regardais tout, sans dire une parole; mais la nuit suivante, plus de sommeil : je la passais à livrer en imagination des combats, ou à découvrir des terres inconnues.

Quoi qu'il en soit, en voyant Gesril retourner chez ses parents, je pensai que rien ne m'empêchait d'aller rejoindre les miens. J'aurais beaucoup aimé le service de la marine, si mon esprit d'indépendance ne m'eût éloigné de tous les genres de service : j'ai en moi une impossibilité d'obéir. Les voyages me tentaient, mais je sentais que je ne les aimerais que seul, en suivant ma volonté. Enfin, donnant la première preuve de mon inconstance, sans en avertir mon oncle Ravenel, sans écrire à mes parents, sans en demander permission à personne, sans attendre mon brevet d'aspirant, je partis un matin pour Combourg où je tombai comme des nues.

Je m'étonne encore aujourd'hui qu'avec la frayeur que m'inspirait mon père, j'eusse osé prendre une pareille résolution, et ce qu'il y a d'aussi étonnant, c'est la manière dont je fus reçu. Je devais m'attendre aux transports de la plus vive colère, je fus accueilli doucement. Mon père se contenta de secouer la tête comme pour dire : « Voilà une belle équipée ! » Ma mère m'embrassa de tout son cœur en grognant, et ma Lucile, avec un ravissement de joie.

Montboissier, juillet 1817.

Promenade. — Apparition de Combourg.

Depuis la dernière date de ces Mémoires, Vallée-aux-Loups, janvier 1814, jusqu'à la date d'aujourd'hui, Montboissier, juillet 1817, trois ans et dix mois se sont passés. Avez-vous entendu tomber l'Empire? Non: rien n'a troublé le repos de ces lieux. L'Empire s'est abîmé pourtant; l'immense ruine s'est écroulée dans ma vie, comme ces débris romains renversés dans le cours d'un ruisseau ignoré. Mais à qui ne les compte pas, peu importent les événements : quelques années échappées des mains de l'Eternel feront justice de tous ces bruits par un silence sans fin.

Le livre précédent fut écrit sous la tyrannie expirante de Bonaparte et à la lueur des derniers éclairs de sa gloire : je commence le livre actuel sous le règne de Louis XVIII. J'ai vu de près les rois, et mes illusions politiques se sont évanouies, comme ces chimères plus douces dont je continue le récit. Disons d'abord ce qui me fait reprendre la plume : le cœur humain est le jouet de tout, et l'on ne saurait prévoir quelle circonstance frivole cause ses joies et ses douleurs. Montaigne l'a remarqué : « Il ne faut point de cause, dit-il, pour agiter « notre âme : une resverie sans cause et sans « subject la régente et l'agite. »

Je suis maintenant à Montboissier, sur les

confins de la Beauce et du Perche. Le château de cette terre, appartenant à madame la comtesse de Colbert-Montboissier, a été vendu et démoli pendant la révolution; il ne reste que deux pavillons, séparés par une grille et formant autrefois le logement du concierge. Le parc, maintenant à l'anglaise, conserve des traces de son ancienne régularité française : des allées droites, des taillis encadrés dans des charmilles, lui donnent un air sérieux; il plaît comme une ruine.

Hier au soir je me promenais seul; le ciel ressemblait à un ciel d'automne; un vent froid soufflait par intervalles. A la percée d'un fourré, je m'arrêtai pour regarder le soleil : il s'enfonçait dans des nuages au-dessus de la tour d'Alluye, d'où Gabrielle, habitante de cette tour, avait vu comme moi le soleil se coucher il y a deux cents ans. Que sont devenus Henri et Gabrielle? Ce que je serai devenu quand ces Mémoires seront publiés.

Je fus tiré de mes réflexions par le gazouillement d'une grive perchée sur la plus haute branche d'un bouleau. A l'instant, ce son magique fit reparaître à mes yeux le domaine paternel ; j'oubliai les catastrophes dont je venais d'être le témoin, et, transporté subitement dans le passé, je revis ces campagnes où j'entendis si souvent siffler la grive. Quand je l'écoutais alors, j'étais triste de même qu'aujourd'hui ; mais cette première tristesse était celle qui naît d'un désir vague de bonheur, lorsqu'on est sans expérience ; la tristesse que j'éprouve actuellement vient de la connaissance des choses appréciées et jugées. Le chant de l'oiseau dans les bois de Combourg m'entretenait d'une félicité que je croyais atteindre ; le même chant dans le parc de Montboissier me rappelait des jours perdus à la poursuite de cette félicité insaisissable. Je n'ai plus rien à apprendre ; j'ai marché plus vite qu'un autre, et j'ai fait le tour de la vie. Les heures fuient et m'entraînent ; je n'ai pas même la certitude de pouvoir achever ces Mémoires. Dans combien de lieux ai-je déjà commencé à les écrire, et dans quel lieu les finirai-je ? Combien de temps me promènerai-je au bord des bois ? Mettons à profit le peu d'instants qui me restent ; hâtons-nous de peindre ma jeunesse, tandis que j'y touche encore : le navigateur, abandonnant pour jamais un rivage enchanté, écrit son journal à la vue de la terre qui s'éloigne, et qui va bientôt disparaître.

Collége de Dinan. — Broussais. — Je reviens chez mes parents.

J'ai dit mon retour à Combourg, et comment je fus accueilli par mon père, ma mère et ma sœur Lucile.

On n'a peut-être pas oublié que mes trois autres sœurs s'étaient mariées, et qu'elles vivaient dans les terres de leurs nouvelles familles, aux environs de Fougères. Mon frère, dont l'ambition commençait à se développer, était plus souvent à Paris qu'à Rennes. Il acheta d'abord une charge de maître des requêtes qu'il revendit afin d'entrer dans la carrière militaire. Il entra dans le régiment de Royal-Cavalerie; il s'attacha au corps diplomatique et suivit le comte de La Luzerne à Londres, où il se rencontra avec André Chénier : il était sur le point d'obtenir l'ambassade de Vienne, lorsque nos troubles éclatèrent; il sollicita celle de Constantinople; mais il eut un concurrent redoutable, Mirabeau, à qui cette ambassade fut promise pour prix de sa réunion au parti de la cour. Mon frère avait donc à peu près quitté Combourg au moment où je vins l'habiter.

Cantonné dans sa seigneurie, mon père n'en sortait plus, pas même pendant la tenue des États. Ma mère allait tous les ans passer six semaines à Saint-Malo, au temps de Pâques; elle attendait ce moment comme celui de sa délivrance, car elle détestait Combourg. Un mois avant ce voyage, on en parlait comme d'une entreprise hasardeuse; on faisait des préparatifs; on laissait reposer les chevaux. La veille du départ, on se couchait à sept heures du soir, pour se lever à deux heures du matin. Ma mère, à sa grande satisfaction, se mettait en route à trois heures, et employait toute la journée pour faire douze lieues.

Lucile, reçue chanoinesse au chapitre de l'Argentière, devait passer dans celui de Remiremont : en attendant ce changement, elle restait ensevelie à la campagne.

Pour moi, je déclarai, après mon escapade de Brest, ma volonté d'embrasser l'état ecclésiastique : la vérité est que je ne cherchais qu'à gagner du temps, car j'ignorais ce que je voulais. On m'envoya au collége de Dinan achever mes humanités. Je savais mieux le latin que mes maîtres; mais je commençai à apprendre l'hébreu. L'abbé de Rouillac était principal du collége, et l'abbé Duhamel mon professeur.

Dinan, orné de vieux arbres, remparé de

vieilles tours, est bâti dans un site pittoresque, sur une haute colline au pied de laquelle coule la Rance, que remonte la mer; il domine des vallées à pentes agréablement boisées. Les eaux minérales de Dinan ont quelque renom. Cette ville, toute historique, et qui a donné le jour à Duclos, montrait parmi ses antiquités le cœur de du Guesclin: poussière héroïque qui, dérobée pendant la révolution, fut au moment d'être broyée par un vitrier pour servir à faire de la peinture; la destinait-on aux tableaux des victoires remportées sur les ennemis de la patrie?

M. Broussais, mon compatriote, étudiait avec moi à Dinan; on menait les écoliers baigner tous les jeudis, comme les clercs sous le pape Adrien 1er, ou tous les dimanches, comme les prisonniers sous l'empereur Honorius. Une fois, je pensai me noyer; une autre fois, M. Broussais fut mordu par d'ingrates sangsues, imprévoyantes de l'avenir. Dinan était à égale distance de Combourg et de Plancouët. J'allais tour à tour voir mon oncle de Bédée à Monchoix, et ma famille à Combourg. M. de Chateaubriand, qui trouvait économie à me garder, ma mère qui désirait ma persistance dans la vocation religieuse, mais qui se serait fait scrupule de me presser, n'insistèrent plus sur ma résidence au collége, et je me trouvai insensiblement fixé au foyer paternel.

Je me complairais encore à rappeler les mœurs de mes parents, ne me fussent-elles qu'un touchant souvenir ; mais j'en reproduirai d'autant plus volontiers le tableau qu'il semblera calqué sur les vignettes des manuscrits du moyen-âge : du temps présent au temps que je vais peindre, il y a des siècles.

Montboissier, juillet 1817.

Revu en décembre 1846.

Vie à Combourg. — Journées et soirées.

A mon retour de Brest, quatre maîtres (mon père, ma mère, ma sœur et moi) habitaient le château de Combourg. Une cuisinière, une femme de chambre, deux laquais et un cocher composaient tout le domestique : un chien de chasse et deux vieilles juments étaient retranchés dans un coin de l'écurie. Ces douze êtres vivants disparaissaient dans un manoir où l'on aurait à peine aperçu cent chevaliers, leurs dames, leurs écuyers, leurs varlets, les destriers et la meute du roi Dagobert.

Dans tout le cours de l'année aucun étranger ne se présentait au château, hormis quelques gentilhommes, le marquis de Monlouet, le comte de Goyon-Beaufort, qui demandaient l'hospitalité en allant plaider au Parlement. Ils arrivaient l'hiver, à cheval, pistolets aux arçons, couteau de chasse au côté, et suivis d'un valet également à cheval, ayant en croupe un gros porte-manteau de livrée.

Mon père, toujours très-cérémonieux, les recevait tête nue sur le perron, au milieu de la pluie et du vent. Les campagnards introduits racontaient leurs guerres de Hanôvre, les affaires de leur famille et l'histoire de leurs procès. Le soir, on les conduisait dans la tour du Nord, à l'appartement de la *reine Christine*, chambre d'honneur occupée par un lit de sept pieds en tout sens, à doubles rideaux de gaze verte et de soie cramoisie, et soutenu par quatre amours dorés. Le lendemain matin, lorsque je descendais dans la grand'salle, et qu'à travers les fenêtres je regardais la campagne inondée ou couverte de frimas, je n'apercevais que deux ou trois voyageurs sur la chaussée solitaire de l'étang : c'étaient nos hôtes chevauchant vers Rennes.

Ces étrangers ne connaissaient pas beaucoup les choses de la vie ; cependant notre vue s'étendait par eux à quelques lieues au-delà de l'horizon de nos bois. Aussitôt qu'ils étaient partis, nous étions réduits, les jours ouvrables au tête-à-tête de famille, le dimanche à la société des bourgeois du village et des gentilshommes voisins.

Le dimanche, quand il faisait beau, ma mère, Lucile et moi, nous nous rendions à la paroisse à travers le petit Mail, le long d'un chemin champêtre ; lorsqu'il pleuvait, nous suivions l'abominable rue de Combourg. Nous n'étions pas traînés, comme l'abbé de Marolles, dans un charriot léger que menaient quatre chevaux blancs, pris sur les Turcs en Hongrie. Mon père ne descendait qu'une fois l'an à la paroisse pour faire ses Pâques; le reste de l'année, il entendait la messe à la chapelle du château. Placés dans le banc du seigneur, nous recevions l'encens et les prières en face du sépulcre de marbre noir de Renée de Rohan, attenant à l'autel : image des honneurs de l'homme; quelques grains d'encens devant un cercueil!

Les distractions du dimanche expiraient avec la journée; elles n'étaient pas même régulières. Pendant la mauvaise saison, des mois entiers s'écoulaient sans qu'aucune créature humaine frappât à la porte de notre forteresse. Si la tristesse était grande sur les bruyères de Combourg, elle était encore plus grande au château : on éprouvait, en pénétrant sous ses voûtes, la même sensation qu'en entrant à la chartreuse de Grenoble. Lorsque je visitai celle-ci en 1805, je traversai un désert, lequel allait toujours croissant; je crus qu'il se terminerait au monastère; mais on me montra dans les murs même du couvent, les jardins des Chartreux encore plus abandonnés que les bois. Enfin, au centre du monument, je trouvai enveloppé dans les replis de toutes ces solitudes, l'ancien cimetière des cénobites; sanctuaire d'où le silence éternel, divinité du lieu, étendait sa puissance sur les montagnes et dans les forêts d'alentour.

Le calme morne du château de Combourg était augmenté par l'humeur taciturne et insociable de mon père. Au lieu de resserrer sa famille et ses gens autour de lui, il les avait dispersés à toutes les aires de vent de l'édifice. Sa chambre à coucher était placée dans la petite tour de l'est, et son cabinet dans la petite tour de l'ouest. Les meubles de ce cabinet consistaient en trois chaises de cuir noir et une table couverte de titres et de parchemins. Un arbre généalogique de la famille des Chateaubriand tapissait le manteau de la cheminée, et dans l'embrasure d'une fenêtre on voyait toutes sortes d'armes depuis le pistolet jusqu'à l'espingole. L'appartement de ma mère régnait au-dessus de la grand'salle, entre les deux petites tours : il était parqueté et orné de glaces de Venise à facettes. Ma sœur habitait un cabinet dépendant de l'appartement de ma mère. La femme de chambre couchait loin de là, dans le corps de logis des grandes tours. Moi, j'étais niché dans une espèce de cellule isolée, au haut de la tourelle de l'escalier qui communiquait de la cour intérieure aux diverses parties du château. Au bas de cet escalier, le valet de chambre de mon père et le domestique gisaient dans des caveaux voûtés, et la cuisinière tenait garnison dans la grosse tour de l'ouest.

Mon père se levait à quatre heures du matin, hiver comme été : il venait dans la cour intérieure appeler et éveiller son valet de chambre, à l'entrée de l'escalier de la tourelle. On lui apportait un peu de café à cinq heures ; il travaillait ensuite dans son cabinet jusqu'à midi. Ma mère et ma sœur déjeunaient chacune dans leur chambre, à huit heures du matin. Je n'avais aucune heure fixe, ni pour me lever, ni pour déjeuner ; j'étais censé étudier jusqu'à midi : la plupart du temps je ne faisais rien.

A onze heures et demie, on sonnait le dîner que l'on servait à midi. La grand'salle était à la fois salle à manger et salon : on dînait et l'on soupait à l'une de ses extrémités du côté de l'est ; après les repas, on se venait placer à l'autre extrémité du côté de l'ouest, devant une énorme cheminée. La grand'salle était boisée, peinte en gris blanc et ornée de vieux portraits depuis le règne de François Ier jusqu'à celui de Louis XIV ; parmi ces portraits, on distinguait ceux de Condé et de Turenne : un tableau, représentant Hector tué par Achille sous les murs de Troie, était suspendu au-dessus de la cheminée.

Le dîner fait, on restait ensemble jusqu'à deux heures. Alors, si l'été, mon père prenait le divertissement de la pêche, visitait ses potagers, se promenait dans l'étendue du vol du chapon ; si l'automne et l'hiver, il partait pour la chasse, ma mère se retirait dans la chapelle, où elle passait quelques heures en prières. Cette chapelle était un oratoire sombre, embelli de bons tableaux des plus grands maîtres, qu'on ne s'attendait guère à trouver dans un château féodal, au fond de la Bretagne. J'ai aujourd'hui, en ma possession, une sainte famille de l'Albane, peinte sur cuivre, tirée de cette chapelle : c'est tout ce qui me reste de Combourg.

Mon père parti et ma mère en prières, Lucile s'enfermait dans sa chambre ; je regagnais ma cellule, ou j'allais courir les champs.

A huit heures, la cloche annonçait le souper. Après le souper, dans les beaux jours, on s'asseyait sur le perron. Mon père, armé de son fusil, tirait les chouettes qui sortaient des créneaux à l'entrée de la nuit. Ma mère, Lucile et moi, nous regardions le ciel, les bois, les derniers rayons du soleil, les premières étoiles. A dix heures, on rentrait et l'on se couchait.

Les soirées d'automne et d'hiver étaient d'une autre nature. Le souper fini et les quatre convives revenus de la table à la cheminée, ma mère se jetait, en soupirant, sur un vieux lit de jour de siamoise flambée; on mettait devant elle un guéridon avec une bougie. Je m'asseyais auprès du feu avec Lucile; les domestiques enlevaient le couvert et se retiraient. Mon père commençait alors une promenade, qui ne cessait qu'à l'heure de son coucher. Il était vêtu d'une robe de ratine blanche, ou plutôt d'une espèce de manteau que je n'ai vu qu'à lui. Sa tête, demi-chauve, était couverte d'un grand bonnet blanc qui se tenait tout droit. Lorsqu'en se promenant, il s'éloignait du foyer, la vaste salle était si peu éclairée par une seule bougie qu'on ne le voyait plus; on l'entendait seulement encore marcher dans les ténèbres : puis il revenait lentement vers la lumière et émergeait peu à peu de l'obscurité, comme un spectre, avec sa robe blanche, son bonnet blanc, sa figure longue et pâle. Lucile et moi, nous échangions quelques mots à voix basse, quand il était à l'autre bout de la salle; nous nous taisions quand il se rapprochait de nous. Il nous disait, en passant : « De quoi « parliez-vous? » Saisis de terreur, nous ne répondions rien; il continuait sa marche. Le reste de la soirée, l'oreille n'était plus frappée que du bruit mesuré de ses pas, des soupirs de ma mère et du murmure du vent.

Dix heures sonnaient à l'horloge du château: mon père s'arrêtait; le même ressort, qui avait soulevé le marteau de l'horloge, semblait avoir suspendu ses pas. Il tirait sa montre, la montait, prenait un grand flambeau d'argent surmonté d'une grande bougie, entrait un moment dans la petite tour de l'ouest, puis revenait, son flambeau à la main, et s'avançait vers sa chambre à coucher, dépendante de la petite tour de l'est. Lucile et moi, nous nous tenions sur son passage; nous l'embrassions, en lui souhaitant une bonne nuit. Il penchait vers nous sa joue sèche et creuse sans nous répondre, continuait sa route et se retirait au fond de la tour, dont nous entendions les portes se refermer sur lui.

Le talisman était brisé ; ma mère, ma sœur et moi, transformés en statues par la présence de mon père, nous recouvrions les fonctions de la vie. Le premier effet de notre désenchantement se manifestait par un débordement de paroles : si le silence nous avait opprimés, il nous le payait cher.

Ce torrent de paroles écoulé, j'appelais la femme de chambre, et je reconduisais ma mère et ma sœur à leur appartement. Avant de me retirer, elles me faisaient regarder sous les lits, dans les cheminées, derrière les portes, visiter les escaliers, les passages et les corridors voisins. Toutes les traditions du château, voleurs et spectres, leur revenaient en mémoire. Les gens étaient persuadés qu'un certain comte de Combourg, à jambe de bois, mort depuis trois siècles, apparaissait à certaines époques, et qu'on l'avait rencontré dans le grand escalier de la tourelle; sa jambe de bois se promenait aussi quelquefois seule avec un chat noir.

Montboissier, août 1817.

Mon donjon.

Ces récits occupaient tout le temps du coucher de ma mère et de ma sœur : elles se mettaient au lit mourantes de peur ; je me retirais au haut de ma tourelle ; la cuisinière rentrait dans la grosse tour, et les domestiques descendaient dans leur souterrain.

La fenêtre de mon donjon s'ouvrait sur la cour intérieure; le jour, j'avais en perspective les créneaux de la courtine opposée, où végétaient des scolopendres et croissait un prunier sauvage. Quelques martinets, qui, durant l'été, s'enfonçaient en criant dans les trous des murs, étaient mes seuls compagnons. La nuit, je n'apercevais qu'un petit morceau du ciel et quelques étoiles. Lorsque la lune brillait et qu'elle s'abaissait à l'occident, j'en étais averti par ses rayons, qui venaient à mon lit au travers des carreaux losangés de la fenêtre. Des chouettes, voletant d'une tour à l'autre, passant et repassant entre la lune et moi, dessinaient sur mes rideaux l'ombre mobile de leurs ailes. Relégué dans l'endroit le plus désert, à l'ouverture des galeries, je ne perdais pas un murmure des ténèbres. Quelquefois, le vent semblait courir à pas légers; quelquefois il laissait échapper des plaintes; tout à coup, ma porte était ébranlée avec violence, les souterrains poussaient des mugissements, puis ces bruits expiraient pour recommencer encore. A quatre heures du matin, la voix du maître du château, appelant le valet de chambre à l'entrée des voûtes séculaires, se faisait entendre comme la voix du dernier fantôme de la nuit. Cette voix remplaçait pour moi la douce harmonie au son de laquelle le père de Montaigne éveillait son fils.

L'entêtement du comte de Chateaubriand à faire coucher un enfant seul au haut d'une tour, pouvait avoir quelque inconvénient; mais il tourna à mon avantage. Cette manière violente de me traiter me laissa le courage d'un homme, sans m'ôter cette sensibilité d'imagination dont on voudrait aujourd'hui priver la jeunesse. Au lieu de chercher à me convaincre qu'il n'y avait point de revenants, on me força de les braver. Lorsque mon père me disait avec un sourire ironique : « Monsieur le chevalier aurait-il peur ? » il m'eût fait coucher avec un mort. Lorsque mon excellente mère me disait : « Mon enfant, tout n'arrive que par la

« permission de Dieu; vous n'avez rien à « craindre des mauvais esprits, tant que vous « serez bon chrétien; » j'étais mieux rassuré que par tous les arguments de la philosophie. Mon succès fut si complet que les vents de la nuit, dans ma tour déshabitée, ne servaient que de jouets à mes caprices et d'ailes à mes songes. Mon imagination allumée, se propageant sur tous les objets, ne trouvait nulle part assez de nourriture et aurait dévoré la terre et le ciel. C'est cet état moral qu'il faut maintenant décrire. Replongé dans ma jeunesse, je vais essayer de me saisir dans le passé, de me montrer tel que j'étais, tel peut-être que je regrette de n'être plus, malgré les tourments que j'ai endurés.

Passage de l'enfant à l'homme.

A peine étais-je revenu de Brest à Combourg, qu'il se fit dans mon existence une révolution; l'enfant disparut et l'homme se montra avec ses joies qui passent et ses chagrins qui restent.

D'abord tout devint passion chez moi, en

attendant les passions même. Lorsque après un dîner silencieux où je n'avais osé ni parler, ni manger, je parvenais à m'échapper, mes transports étaient incroyables; je ne pouvais descendre le perron d'une seule traite: je me serais précipité. J'étais obligé de m'asseoir sur une marche pour laisser se calmer mon agitation; mais aussitôt que j'avais atteint la Cour Verte et les bois, je me mettais à courir, à sauter, à bondir, à fringuer, à m'éjouir jusqu'à ce que je tombasse épuisé de forces, palpitant, enivré de folâtreries et de liberté.

Mon père me menait quant et lui à la chasse. Le goût de la chasse me saisit et je le portai jusqu'à la fureur; je vois encore le champ où j'ai tué mon premier lièvre. Il m'est souvent arrivé en automne de demeurer quatre ou cinq heures dans l'eau jusqu'à la ceinture, pour attendre au bord d'un étang des canards sauvages; même aujourd'hui, je ne suis pas de sang froid lorsqu'un chien tombe en arrêt. Toutefois, dans ma première ardeur pour la chasse, il entrait un fonds d'indépendance; franchir les fossés, arpenter les champs, les marais, les bruyères, me trouver avec un fusil dans un lieu désert, ayant puissance et solitude, c'était ma façon d'être naturelle. Dans mes courses, je pointais si loin que, ne pouvant plus marcher, les gardes étaient obligés de me rapporter sur des branches entrelacées.

Cependant le plaisir de la chasse ne me suffisait plus; j'étais agité d'un désir de bonheur que je ne pouvais ni régler, ni comprendre; mon esprit et mon cœur s'achevaient de former comme deux temples vides, sans autels et sans sacrifices; on ne savait encore quel Dieu y serait adoré. Je croissais auprès de ma sœur Lucile; notre amitié était toute notre vie.

Lucile.

Lucile était grande et d'une beauté remarquable, mais sérieuse. Son visage pâle était accompagné de longs cheveux noirs; elle attachait souvent au ciel ou promenait autour d'elle des regards pleins de tristesse ou de feu. Sa démarche, sa voix, son sourire, sa physionomie avaient quelque chose de rêveur et de souffrant.

Lucile et moi nous nous étions inutiles. Quand nous parlions du monde, c'était de celui que nous portions au dedans de nous et qui ressemblait bien peu au monde véritable. Elle voyait en moi son protecteur, je voyais en elle mon amie. Il lui prenait des accès de pensées noires que j'avais peine à dissiper : à dix-sept ans, elle déplorait la perte de ses jeunes années; elle se voulait ensevelir dans un cloître. Tout lui était souci, chagrin, blessure : une expression qu'elle cherchait, une chimère qu'elle s'était faite, la tourmentaient des mois entiers. Je l'ai souvent vue un bras jeté sur sa tête, rêver immobile et inanimée ; retirée vers son cœur, sa vie cessait de paraître au dehors ; son sein même ne se soulevait plus. Par son attitude, sa mélancolie, sa vénusté, elle ressemblait à un Génie funèbre. J'essayais alors de la consoler et l'instant d'après je m'abîmais dans des désespoirs inexplicables.

Lucile aimait à faire seule, vers le soir,

quelque lecture pieuse : son oratoire de prédilection était l'embranchement de deux routes champêtres, marqué par une croix de pierre et par un peuplier dont le long style s'élevait dans le ciel comme un pinceau. Ma dévote mère toute charmée, disait que sa fille lui représentait une chrétienne de la primitive Eglise, priant à ces stations appelées *Laures*.

De la concentration de l'âme naissaient chez ma sœur des effets d'esprit extraordinaires : endormie, elle avait des songes prophétiques ; éveillée, elle semblait lire dans l'avenir. Sur un palier de l'escalier de la grande tour, battait une pendule qui sonnait le temps au silence ; Lucile, dans ses insomnies, s'allait asseoir sur une marche, en face de cette pendule : elle regardait le cadran à la lueur de sa lampe posée à terre. Lorsque les deux aiguilles unies à minuit, enfantaient dans leur conjonction formidable l'heure des désordres et des crimes, Lucile entendait des bruits qui lui révélaient des trépas lointains. Se trouvant à Paris quelques jours avant le 10 août, et demeurant avec mes autres sœurs dans le voisinage du couvent des Carmes, elle jette les yeux sur une glace, pousse un cri et dit : « Je viens de voir entrer « la mort. » Dans les bruyères de la Calédonie, Lucile eût été une femme céleste de Walter-Scott, douée de la seconde vue ; dans les bruyères armoricaines, elle n'était qu'une solitaire avantagée de beauté, de génie et de malheur.

F. de Delannoy sc.

Premier souffle de la muse.

La vie que nous menions à Combourg, ma sœur et moi, augmentait l'exaltation de notre âge et de notre caractère. Notre principal dés-ennui consistait à nous promener côte à côte dans le grand Mail, au printemps sur un tapis de primevères, en automne sur un lit de feuilles séchées, en hiver sur une nappe de neige que brodait la trace des oiseaux, des écureuils et des hermines. Jeunes comme les primevères, tristes comme la feuille séchée, purs comme la neige nouvelle, il y avait harmonie entre nos récréations et nous.

Ce fut dans une de ces promenades, que Lucile, m'entendant parler avec ravissement de la solitude, me dit : « Tu devrais peindre tout cela. » Ce mot me révéla la Muse ; un souffle divin passa sur moi. Je me mis à bégayer des vers, comme si c'eût été ma langue naturelle ; jour et nuit je chantais mes plaisirs, c'est-à-dire mes bois et mes vallons ; je composais une foule de petites idylles ou tableaux de la nature [1]. J'ai écrit longtemps en vers avant d'écrire en prose : M. de Fontanes prétendait que j'avais reçu les deux instruments.

Ce talent que me promettait l'amitié, s'est-il jamais levé pour moi ? Que de choses j'ai vainement attendues ! Un esclave, dans l'Aga-

[1] Voyez mes OEuvres complètes. (Paris, note de 1837).

memnon d'Eschyle, est placé en sentinelle au haut du palais d'Argos ; ses yeux cherchent à découvrir le signal convenu du retour des vaisseaux ; il chante pour solacier ses veilles, mais les heures s'envolent et les astres se couchent, et le flambeau ne brille pas. Lorsque, après maintes années, sa lumière tardive apparaît sur les flots, l'esclave est courbé sous le poids du temps ; il ne lui reste plus qu'à recueillir des malheurs, et le chœur lui dit : « Qu'un vieillard est une ombre errante à la « clarté du jour. » Ὄναρ ἡμερόφαντον ἀλαίνει.

Manuscrit de Lucile

Dans les premiers enchantements de l'inspiration, j'invitai Lucile à m'imiter. Nous passions des jours à nous consulter mutuellement, à nous communiquer ce que nous avions fait, ce que nous comptions faire. Nous entreprenions des ouvrages en commun; guidés par notre instinct, nous traduisîmes les plus beaux et les plus tristes passages de Job et de Lucrèce sur la vie : le *Tædet animam meam vitæ meæ*, l'*Homo natus de muliere*, le *Tum porro puer, ut sævis projectus ab undis navita*, etc. Les pensées de Lucile n'étaient que des sentiments ; elles sortaient avec difficulé de son âme ; mais quand elle parvenait à les exprimer, il n'y avait rien au-dessus. Elle a laissé une trentaine de pages manuscrites ; il est impossible de les lire sans être profondément ému. L'élégance, la suavité, la rêverie, la sensibilité passionnée de ces pages offrent un mélange du génie grec et du génie germanique.

L'AURORE.

« Quelle douce clarté vient éclairer l'Orient !
« Est-ce la jeune aurore qui entrouvre au
« monde ses beaux yeux chargés des langueurs
« du sommeil ? Déesse charmante, hâte-toi !
« quitte la couche nuptiale, prends la robe de

« pourpre ; qu'une ceinture moëlleuse la re-
« tienne dans ses nœuds ; que nulle chaussure
« ne presse tes pieds délicats ; qu'aucun orne-
« ment ne profane tes belles mains faites pour
« entrouvrir les portes du jour. Mais tu te lèves
« déjà sur la colline ombreuse. Tes cheveux
« d'or tombent en boucles humides sur ton col
« de rose. De ta bouche s'exhale un souffle pur
« et parfumé. Tendre déité, toute la nature
« sourit à ta présence ; toi seule verses des
« larmes, et les fleurs naissent. »

A LA LUNE.

« Chaste déesse ! déesse si pure, que jamais
« même les roses de la pudeur ne se mêlent à
« tes tendres clartés, j'ose te prendre pour
« confidente de mes sentiments. Je n'ai point,
« non plus que toi, à rougir de mon propre
« cœur. Mais quelquefois le souvenir du juge-
« ment injuste et aveugle des hommes couvre
« mon front de nuages, ainsi que le tien.

« Comme toi, les erreurs et les misères de ce « monde inspirent mes rêveries. Mais plus « heureuse que moi, citoyenne des cieux, tu « conserves toujours la sérénité; les tempêtes « et les orages qui s'élèvent de notre globe, « glissent sur ton disque paisible. Déesse ai- « mable à ma tristesse, verse ton froid repos « dans mon âme. »

L'INNOCENCE.

« Fille du ciel, aimable innocence, si j'osais « de quelques-uns de tes traits essayer une « faible peinture, je dirais que tu tiens lieu de « vertu à l'enfance, de sagesse au printemps de « la vie, de beauté à la vieillesse et de bonheur « à l'infortune; qu'étrangère à nos erreurs, tu « ne verses que des larmes pures, et que ton « sourire n'a rien que de céleste. Belle inno- « cence! mais quoi, les dangers t'environnent, « l'envie t'adresse tous ses traits : tremble- « ras-tu, modeste innocence? chercheras-tu à

« te dérober aux périls qui te menacent? Non,
« je te vois debout, endormie, la tête appuyée
« sur un autel. »

Mon frère accordait quelquefois de courts instants aux hermites de Combourg : il avait coutume d'amener avec lui un jeune conseiller au parlement de Bretagne, M. de Malfilâtre, cousin de l'infortuné poëte de ce nom. Je crois que Lucile, à son insu, avait ressenti une passion secrète pour cet ami de mon frère, et que cette passion étouffée était au fond de la mélancolie de ma sœur. Elle avait d'ailleurs la manie de Rousseau sans en avoir l'orgueil : elle croyait que tout le monde était conjuré contre elle. Elle vint à Paris en 1789, accompagnée de cette sœur Julie dont elle a déploré la perte avec une tendresse empreinte de sublime. Quiconque la connut, l'admira, depuis M. de Malesherbes jusqu'à Champfort. Jetée dans les cryptes révolutionnaires à Rennes, elle fut au moment d'être renfermée au château de Combourg, devenu cachot pendant la terreur. Délivrée de prison, elle se maria à M. de Caud, qui la laissa veuve au bout d'un an. Au retour de mon émigration, je revis l'amie de mon enfance : je dirai comment elle disparut, quand il plut à Dieu de m'affliger.

Vallée-aux-Loups, novembre 1817.

Dernières lignes écrites à la Vallée-aux-Loups. — Révélation sur le mystère de ma vie.

Revenu de Montboissier, voici les dernières lignes que je trace dans mon ermitage; il le faut abandonner tout rempli des beaux adolescents qui déjà dans leurs rangs pressés cachaient et couronnaient leur père. Je ne verrai plus le magnolia qui promettait sa rose à la tombe de ma Floridienne, le pin de Jérusalem et le cèdre du Liban consacrés à la mémoire de Jérôme, le laurier de Grenade, le platane de la Grèce, le chêne de l'Armorique, au pied desquels je peignis Blanca, chantai Cymodocée, inventai Velléda. Ces arbres naquirent et crûrent avec mes rêveries; elles en étaient les Hamadryades. Ils vont passer sous un autre empire : leur nouveau maître les aimera-t-il comme je les aimais? Il les laissera dépérir, il les abattra peut-être : je ne dois rien conserver sur la terre. C'est en disant adieu aux bois d'Aulnay que je vais rappeler l'adieu que je dis autrefois aux bois de Combourg : tous mes jours sont des adieux.

Le goût que Lucile m'avait inspiré pour la poésie, fut de l'huile jetée sur le feu. Mes sentiments prirent un nouveau degré de force; il me passa par l'esprit des vanités de renommée; je crus un moment à mon *talent*, mais bientôt, revenu à une juste défiance de moi-même, je me mis à douter de ce talent, ainsi que 'en ai toujours douté. Je regardai mon travail comme une mauvaise tentation ; j'en voulus à Lucile d'avoir fait naître en moi un penchant malheureux : je cessai d'écrire, et je me pris à pleurer ma gloire à venir, comme on pleurerait sa gloire passée.

Rentré dans ma première oisiveté, je sentis davantage ce qui manquait à ma jeunesse : je m'étais un mystère. Je ne pouvais voir une femme sans être troublé ; je rougissais si elle m'adressait la parole. Ma timidité déjà excessive avec tout le monde, était si grande avec une femme que j'aurais préféré je ne sais quel tourment à celui de demeurer seul avec cette femme : elle n'était pas plus tôt partie, que je la rappelais de tous mes vœux. Les peintures de Virgile, de Tibulle et de Massillon, se présentaient bien à ma mémoire ; mais l'image de ma mère et de ma sœur couvrant tout de sa pureté, épaississait les voiles que la nature cherchait à soulever ; la tendresse filiale et fraternelle me trompait sur une tendresse moins désintéressée. Quand on m'aurait livré les plus belles esclaves du sérail, je n'aurais su que leur demander : le hasard m'éclaira.

Un voisin de la terre de Combourg était venu passer quelques jours au château avec sa femme, fort jolie. Je ne sais ce qui advint dans le village; on courut à l'une des fenêtres de la grand' salle pour regarder. J'y arrivai le premier, l'étrangère se précipitait sur mes pas, je voulus lui céder la place et je me tournai vers elle; elle me barra involontairement le chemin, et je me sentis pressé entre elle et la fenêtre. Je ne sus plus ce qui se passa autour de moi.

Dès ce moment, j'entrevis que d'aimer et d'être aimé d'une manière qui m'était inconnue, devait être la félicité suprême. Si j'avais fait ce que font les autres hommes, j'aurais bientôt appris les peines et les plaisirs de la passion dont je portais le germe; mais tout prenait en moi un caractère extraordinaire. L'ardeur de mon imagination, ma timidité, la solitude firent qu'au lieu de me jeter au dehors, je me repliai sur moi-même; faute d'objet réel, j'évoquai par la puissance de mes vagues désirs un fantôme qui ne me quitta plus. Je ne sais si l'histoire du cœur humain offre un autre exemple de cette nature.

Fantôme d'amour.

Je me composai donc une femme de toutes les femmes que j'avais vues : elle avait la taille, les cheveux et le sourire de l'étrangère qui m'avait pressé contre son sein ; je lui donnai les yeux de telle jeune fille du village, la fraîcheur de telle autre. Les portraits des grandes dames du temps de François Ier, de Henri IV et de Louis XIV, dont le salon était orné, m'avaient fourni d'autres traits, et j'avais dérobé des grâces jusqu'aux tableaux des Vierges suspendues dans les églises.

Cette charmeresse me suivait partout invisible ; je m'entretenais avec elle, comme avec un être réel ; elle variait au gré de ma folie : Aphrodite sans voile, Diane vêtue d'azur et de rosée, Thalie au masque riant, Hébé à la coupe de la jeunesse, souvent elle devenait une fée qui me soumettait la nature. Sans cesse, je retouchais ma toile ; j'enlevais un appas à ma beauté pour le remplacer par un autre. Je changeais aussi ses parures ; j'en empruntais à tous les pays, à tous les siècles, à tous les arts, à toutes les religions. Puis, quand j'avais fait un chef-d'œuvre, j'éparpillais de nouveau mes dessins et mes couleurs ; ma femme unique se transformait en une multitude de femmes, dans lesquelles j'idolâtrais séparément les charmes que j'avais adorés réunis.

Pygmalion fut moins amoureux de sa statue : mon embarras était de plaire à la mienne. Ne me reconnaissant rien de ce qu'il fallait pour être aimé, je me prodiguais ce qui me manquait. Je montais à cheval comme Castor et Pollux ; je jouais de la lyre comme Apollon ; Mars maniait ses armes avec moins de force et d'adresse : héros de roman ou d'histoire, que d'aventures fictives j'entassais sur des fictions ! les ombres des filles de Morven, les sultanes de Bagdad et de Grenade, les châtelaines des vieux manoirs ; bains, parfums, danses, délices de l'Asie, tout m'était approprié par une baguette magique.

Voici venir une jeune reine, ornée de diamants et de fleurs (c'était toujours ma sylphide); elle me cherche à minuit, au travers des jardins d'orangers, dans les galeries d'un palais baigné des flots de la mer, au rivage embaumé de Naples ou de Messine, sous un ciel d'amour que l'astre d'Endymion pénétre de sa lumière; elle s'avance, statue animée de Praxitèle, au milieu des statues immobiles, des pâles tableaux et des fresques silencieusement blanchies par les rayons de la lune : le bruit léger de sa course sur les mosaïques des marbres se mêle au murmure insensible de la vague. La jalousie royale nous environne. Je tombe aux genoux de la souveraine des campagnes d'Enna; les ondes de soie de son diadème dénoué viennent caresser mon front, lorsqu'elle penche sur mon visage sa tête de seize années, et que ses mains s'appuyent sur mon sein palpitant de respect et de volupté.

Au sortir de ces rêves, quand je me retrouvais un pauvre petit breton obscur, sans gloire, sans beauté, sans talents, qui n'attirerait les regards de personne, qui passerait ignoré, qu'aucune femme n'aimerait jamais, le désespoir s'emparait de moi : je n'osais plus lever les yeux sur l'image brillante que j'avais attachée à mes pas.

Deux années de délire. — Occupations et chimères.

Ce délire dura deux années entières, pendant lesquelles les facultés de mon âme arrivèrent au plus haut point d'exaltation. Je parlais peu, je ne parlai plus; j'étudiais encore, je jetai là les livres; mon goût pour la solitude redoubla.

J'avais tous les symptômes d'une passion violente; mes yeux se creusaient; je maigrissais; je ne dormais plus; j'étais distrait, triste, ardent, farouche. Mes jours s'écoulaient d'une manière sauvage, bizarre, insensée, et pourtant pleine de délices.

Au nord du château s'étendait une lande semée de pierres druidiques; j'allais m'asseoir sur une de ces pierres au soleil couchant. La cime dorée des bois, la splendeur de la terre, l'étoile du soir scintillant à travers les nuages de rose, me ramenaient à mes songes : j'aurais voulu jouir de ce spectacle avec l'idéal objet de mes désirs. Je suivais en pensée l'astre du jour; je lui donnais ma beauté à conduire afin qu'il la présentât radieuse avec lui aux hommages de l'univers. Le vent du soir qui brisait les réseaux tendus par l'insecte sur la pointe des herbes, l'alouette de bruyère qui se posait sur un caillou, me rappelaient à la réalité : je reprenais le chemin du manoir, le cœur serré, le visage abattu.

Les jours d'orage en été, je montais au haut de la grosse tour de l'ouest. Le roulement du tonnerre sous les combles du château, les torrents de pluie qui tombaient en grondant sur le toit pyramidal des tours, l'éclair qui sillonnait la nue et marquait d'une flamme électrique les girouettes d'airain, excitaient mon enthousiasme : comme Ismen sur les remparts de Jérusalem, j'appelais la foudre; j'espérais qu'elle m'apporterait Armide.

Le ciel était-il serein? je traversais le grand Mail, autour duquel étaient des prairies divisées par des haies plantées de saules. J'avais établi un siége, comme un nid, dans un de ces saules: là, isolé entre le ciel et la terre, je passais des heures avec les fauvettes; ma nymphe était à mes côtés. J'associais également son image à la beauté de ces nuits de printemps toutes remplies de la fraîcheur de la rosée, des soupirs du rossignol et du murmure des brises.

D'autres fois, je suivais un chemin abandonné, une onde ornée de ses plantes rivulaires; j'écoutais les bruits qui sortent des lieux infréquentés; je prêtais l'oreille à chaque arbre; je croyais entendre la clarté de la lune chanter dans les bois : je voulais redire ces plaisirs et les paroles expiraient sur mes lèvres. Je ne sais comment je retrouvais encore ma déesse dans les accents d'une voix, dans les frémissements d'une harpe, dans les sons veloutés ou liquides d'un cor ou d'un harmonica. Il serait trop long de raconter les beaux voyages que je faisais avec ma fleur d'amour; comment main en main nous visitions les ruines célèbres, Venise, Rome, Athènes, Jérusalem, Memphis, Carthage; comment nous franchissions les mers; comment nous demandions le bonheur aux palmiers d'Otahiti, aux bosquets embaumés d'Amboine et de Tidor; comment au sommet de l'Himalaya nous allions réveiller l'aurore; comment nous descendions les *fleuves saints* dont les vagues épandues entourent les pagodes aux boules d'or; comment nous dormions aux rives du Gange, tandis que le bengali, perché sur le mât d'une nacelle de bambou, chantait sa barcarole indienne.

La terre et le ciel ne m'étaient plus rien ; j'oubliais surtout le dernier : mais si je ne lui adressais plus mes vœux, il écoutait la voix de ma secrète misère · car je souffrais, et les souffrances prient.

Mes joies de l'automne.

Plus la saison était triste, plus elle était en rapport avec moi : le temps des frimas, en rendant les communications moins faciles, isole les habitants des campagnes : on se sent mieux à l'abri des hommes.

Un caractère moral s'attache aux scènes de l'automne : ces feuilles qui tombent comme nos ans, ces fleurs qui se fanent comme nos heures, ces nuages qui fuient comme nos illusions, cette lumière qui s'affaiblit comme notre intelligence, ce soleil qui se refroidit comme nos amours, ces fleuves qui se glacent comme notre vie, ont des rapports secrets avec nos destinées.

Je voyais avec un plaisir indicible le retour de la saison des tempêtes, le passage des cygnes et des ramiers, le rassemblement des corneilles dans la prairie de l'étang, et leur perchée à l'entrée de la nuit sur les plus hauts chênes du grand Mail. Lorsque le soir élevait une vapeur bleuâtre au carrefour des forêts, que les complaintes ou les lais du vent gémissaient dans les mousses flétries, j'entrais en pleine possession des sympathies de ma nature. Rencontrais-je quelque laboureur au bout d'un guéret ? je m'arrêtais pour regarder cet homme germé à l'ombre des épis parmi lesquels il devait être moissonné, et qui retournant la terre de sa tombe avec le soc de la charrue, mêlait ses sueurs brûlantes aux pluies glacées de l'automne : le sillon qu'il creusait était le monument destiné à lui survivre. Que faisait à cela mon élégante démone? Par sa magie, elle me transportait au bord du Nil, me montrait la pyramide égyptienne noyée dans le sable, comme un jour le sillon armoricain caché sous la bruyère : je m'applaudissais d'avoir placé les fables de ma félicité hors du cercle des réalités hnmaines.

Le soir je m'embarquais sur l'étang, conduisant seul mon bateau, au milieu des joncs et des larges feuilles flottantes du nénuphar. Là, se réunissaient les hirondelles prêtes à quitter nos climats. Je ne perdais pas un seul de leurs gazouillis : Tavernier enfant était moins attentif au récit d'un voyageur. Elles se jouaient sur l'eau au tomber du soleil, poursuivaient les insectes, s'élançaient ensemble dans les airs, comme pour éprouver leurs ailes, se rabattaient à la surface du lac, puis se venaient suspendre aux roseaux que leur poids courbait à peine, et qu'elles remplissaient de leur ramage confus.

Incantation.

La nuit descendait; les roseaux agitaient leurs champs de quenouilles et de glaives, parmi lesquels la caravane emplumée, poules d'eau, sarcelles, martins-pêcheurs, bécassines, se taisait; le lac battait ses bords; les grandes voix de l'automne sortaient des marais et des bois : j'échouais mon bateau au rivage et retournais au château. Dix heures sonnaient. A peine retiré dans ma chambre, ouvrant mes fenêtres, fixant mes regards au ciel, je commençais une incantation. Je montais avec ma magicienne sur les nuages : roulé dans ses cheveux et dans ses voiles, j'allais, au gré des tempêtes, agiter la cime des forêts, ébranler le sommet des montagnes, ou tourbillonner sur les mers. Plongeant dans l'espace, descendant du trône de Dieu aux portes de l'abîme, les mondes étaient livrés à la puissance de mes amours. Au milieu du désordre des éléments, je mariais avec ivresse la pensée du danger à celle du plaisir. Les souffles de l'aquilon ne m'apportaient que les soupirs de la volupté; le murmure de la pluie m'invitait au sommeil sur le sein d'une femme. Les paroles que j'adressais à cette femme auraient rendu des sens à la vieillesse, et réchauffé le marbre des tombeaux. Ignorant tout, sachant tout, à la fois vierge et amante, Eve innocente, Eve tombée, l'enchanteresse par qui me venait ma folie était un mélange de mystères et de passions : je la plaçais sur un autel et je l'adorais. L'orgueil d'être aimé d'elle augmentait encore mon amour. Marchait-elle? je me prosternais pour être foulé sous ses pieds, ou pour en baiser la trace. Je me troublais à son sourire; je tremblais au son de sa voix; je frémissais de désir, si je touchais ce qu'elle avait touché. L'air exhalé de sa bouche humide pénétrait dans la moelle de mes os, coulait dans mes veines au lieu de sang. Un seul de ses regards m'eût fait voler au bout de la terre; quel désert ne m'eût suffi avec elle! A ses côtés, l'antre des lions se fût changé en palais, et des millions de siècles eussent été trop courts pour épuiser les feux dont je me sentais embrasé.

A cette fureur se joignait une idolâtrie morale : par un autre jeu de mon imagination, cette Phryné qui m'enlaçait dans ses bras, était aussi pour moi la gloire et surtout l'honneur; la vertu lorsqu'elle accomplit ses plus nobles sacrifices, le génie lorsqu'il enfante la pensée la plus rare, donneraient à peine une idée de cette autre sorte de bonheur. Je trouvais à la fois dans ma création merveilleuse toutes les blandices des sens et toutes les jouissances de l'âme. Accablé et comme submergé de ces doubles délices, je ne savais plus quelle était ma véritable existence; j'étais homme et n'étais pas homme; je devenais le nuage, le vent, le bruit; j'étais un pur esprit, un être aérien, chantant la souveraine félicité. Je me dépouillais de ma nature pour me fondre avec la fille de mes désirs, pour me transformer en elle, pour toucher plus intimement la beauté, pour être à la fois la passion reçue et donnée, l'amour et l'objet de l'amour.

Tout à coup, frappé de ma folie, je me précipitais sur ma couche; je me roulais dans ma douleur; j'arrosais mon lit de larmes cuisantes que personne ne voyait et qui coulaient misérables, pour un néant.

Tentation.

Bientôt, ne pouvant plus rester dans ma tour, je descendais à travers les ténèbres, j'ouvrais furtivement la porte du perron comme un meurtrier, et j'allais errer dans le grand bois.

Après avoir marché à l'aventure, agitant mes mains, embrassant les vents qui m'échappaient ainsi que l'ombre, objet de mes poursuites, je m'appuyais contre le tronc d'un hêtre ; je regardais les corbeaux que je faisais envoler d'un arbre pour se poser sur un autre, ou la lune se traînant sur la cime dépouillée de la futaie : j'aurais voulu habiter ce monde mort, qui réfléchissait la pâleur du sépulcre. Je ne sentais ni le froid, ni l'humidité de la nuit ; l'haleine glaciale de l'aube ne m'aurait pas même tiré du fond de mes pensées, si à cette heure la cloche du village ne s'était fait entendre.

Dans la plupart des villages de la Bretagne, c'est ordinairement à la pointe du jour que l'on sonne pour les trépassés. Cette sonnerie compose, de trois notes répétées, un petit air monotone, mélancolique et champêtre. Rien ne convenait mieux à mon âme malade et blessée, que d'être rendue aux tribulations de l'existence par la cloche qui en annonçait la fin. Je me représentais le pâtre expiré dans sa cabane inconnue, ensuite déposé dans un cimetière non moins ignoré. Qu'était-il venu faire sur la terre? moi-même, que faisais-je dans ce monde? Puisqu'enfin je devais passer, ne valait-il pas mieux partir à la fraîcheur du matin, arriver de bonne heure, que d'achever le voyage sous le poids et pendant la chaleur du jour? Le rouge du désir me montait au visage; l'idée de n'être plus me saisissait le cœur à la façon d'une joie subite. Au temps des erreurs de ma jeunesse, j'ai souvent souhaité ne pas survivre au bonheur : il y avait dans le premier succès un degré de félicité qui me faisait aspirer à la destruction.

De plus en plus garrotté à mon fantôme, ne pouvant jouir de ce qui n'existait pas, j'étais comme ces hommes mutilés qui rêvent des béatitudes pour eux insaisissables, et qui se créent un songe dont les plaisirs égalent les tortures de l'enfer. J'avais en outre le pressentiment des misères de mes futures destinées : ingénieux à me forger des souffrances, je m'étais placé entre deux désespoirs; quelquefois je ne me croyais qu'un être nul, incapable de s'élever au dessus du vulgaire; quelquefois il me semblait sentir en moi des qualités qui ne seraient jamais appréciées. Un secret instinct m'avertissait qu'en avançant dans le monde, je ne trouverais rien de ce que je cherchais.

Tout nourrissait l'amertume de mes dégoûts : Lucile était malheureuse ; ma mère ne me consolait pas; mon père me faisait éprouver les affres de la vie. Sa morosité augmentait avec l'âge; la vieillesse raidissait son âme comme son corps ; il m'épiait sans cesse pour me gourmander. Lorsque je revenais de mes courses sauvages et que je l'apercevais assis sur le perron, on m'aurait plutôt tué que de me faire rentrer au château. Ce n'était néanmoins que différer mon supplice : obligé de paraître au souper, je m'asseyais tout interdit sur le coin de ma chaise, mes joues battues de la pluie, ma chevelure en désordre. Sous les regards de mon père, je demeurais immobile et la sueur couvrait mon front : la dernière lueur de la raison m'échappa.

Me voici arrivé à un moment où j'ai besoin de quelque force pour confesser ma faiblesse. L'homme qui attente à ses jours montre moins la vigueur de son âme que la défaillance de sa nature.

Je possédais un fusil de chasse dont la détente usée partait souvent au repos. Je chargeai ce fusil de trois balles, et je me rendis dans un endroit écarté du grand Mail. J'armai le fusil, j'introduisis le bout du canon dans ma bouche, je frappai la crosse contre terre; je réitérai plusieurs fois l'épreuve : le coup ne partit pas; l'apparition d'un garde suspendit ma résolution. Fataliste sans le vouloir et sans le savoir, je supposai que mon heure n'était pas arrivée, et je remis à un autre jour l'exécution de mon projet. Si je m'étais tué, tout ce que j'ai été s'ensevelissait avec moi; on ne saurait rien de l'histoire qui m'aurait conduit à ma catastrophe; j'aurais grossi la foule des infortunés sans nom, je ne me serais pas fait suivre à la trace de mes chagrins comme un blessé à la trace de son sang.

Ceux qui seraient troublés par ces peintures et tentés d'imiter ces folies, ceux qui s'attacheraient à ma mémoire par mes chimères, se doivent souvenir qu'ils n'entendent que la voix d'un mort. Lecteur, que je ne connaîtrai jamais; rien n'est demeuré : il ne reste de moi que ce que je suis entre les mains du Dieu vivant qui m'a jugé.

Maladie. — Je crains et refuse de m'engager dans l'état ecclésiastique. — Projet de passage aux Indes.

Une maladie, fruit de cette vie désordonnée, mit fin aux tourments par qui m'arrivèrent les premières inspirations de la muse et les premières attaques des passions. Ces passions dont mon âme était surmenée, ces passions vagues encore, ressemblaient aux tempêtes de mer qui affluent de tous les points de l'horizon : pilote sans expérience, je ne savais de quel côté présenter la voile à des vents indécis. Ma poitrine se gonfla, la fièvre me saisit; on envoya chercher à Bazouches, petite ville éloignée de Combourg de cinq ou six lieues, un excellent médecin nommé Cheftel, dont le fils a joué un rôle dans l'affaire du marquis de la Rouërie[1]. Il m'examina attentivement, ordonna des remèdes et déclara qu'il était surtout nécessaire de m'arracher à mon genre de vie.

Je fus six semaines en péril. Ma mère vint un matin s'asseoir au bord de mon lit, et me dit : « Il est temps de vous décider; votre frère est « à même de vous obtenir un bénéfice; mais « avant d'entrer au séminaire, il faut vous bien « consulter, car si je désire que vous embras- « siez l'état ecclésiastique, j'aime encore mieux

[1] A mesure que j'avance dans la vie, je retrouve des personnages de mes *Mémoires :* la veuve du fils du médecin Cheftel vient d'être reçue à l'infirmerie de *Marie-Thérèse* : c'est un témoin de plus de ma véracité. (Note de Paris, 1834).

« vous voir homme du monde que prêtre scan-
« daleux. »

D'après ce qu'on vient de lire, on peut juger si la proposition de ma pieuse mère tombait à propos. Dans les événements majeurs de ma vie, j'ai toujours su promptement ce que je devais éviter; un mouvement d'honneur me pousse. Abbé? je me parus ridicule. Evêque? la majesté du sacerdoce m'imposait et je reculais avec respect devant l'autel. Ferais-je comme évêque des efforts afin d'acquérir des vertus, ou me contenterais-je de cacher mes vices? Je me sentais trop faible pour le premier parti, trop franc pour le second. Ceux qui me traitent d'hypocrite et d'ambitieux me connaissent peu : je ne réussirai jamais dans le monde, précisément parce qu'il me manque une passion et un vice, l'ambition et l'hypocrisie. La première serait tout au plus chez moi de l'amour-propre piqué; je pourrais désirer quelquefois être ministre ou roi pour me rire de mes ennemis; mais au bout de vingt-quatre heures je jetterais mon portefeuille et ma couronne par la fenêtre.

Je dis donc à ma mère que je n'étais pas assez fortement appelé à l'état ecclésiastique. Je variais pour la seconde fois dans mes projets : je n'avais point voulu me faire marin, je ne voulais plus être prêtre. Restait la carrière militaire ; je l'aimais : mais comment supporter la perte de mon indépendance et la contrainte de la discipline européenne ? Je m'avisai d'une chose saugrenue : je déclarai que j'irais au Canada défricher des forêts, ou aux Indes chercher du service dans les armées des princes de ce pays.

Par un de ces contrastes qu'on remarque chez tous les hommes, mon père, si raisonnable d'ailleurs, n'était jamais trop choqué d'un projet aventureux. Il gronda ma mère de mes tergiversations, mais il se décida à me faire passer aux Indes. On m'envoya à Saint-Malo ; on y préparait un armement pour Pondichéry.

Un moment dans ma ville natale. — Souvenir de la Villeneuve et des tribulations de mon enfance. — Je suis rappelé à Combourg. — Dernière entrevue avec mon père. — J'entre au service. — Adieux à Combourg.

Deux mois s'écoulèrent : je me retrouvai seul dans mon île maternelle; la Villeneuve y venait de mourir. En allant la pleurer au bord du lit vide et pauvre où elle expira, j'aperçus le petit charriot d'osier dans lequel j'avais appris à me tenir debout sur ce triste globe. Je me représentais ma vieille bonne, attachant du fond de sa couche ses regards affaiblis sur cette corbeille roulante : ce premier monument de ma vie en face du dernier monument de la vie de ma seconde mère, l'idée des souhaits de bonheur que la bonne Villeneuve adressait au ciel pour son nourrisson en quittant le monde, cette preuve d'un attachement si constant, si désintéressé, si pur, me brisaient le cœur de tendresse, de regrets et de reconnaissance.

Du reste, rien de mon passé à Saint-Malo : dans le port je cherchais en vain les navires aux cordes desquels je me jouais; ils étaient partis ou dépecés ; dans la ville, l'hôtel où j'étais né avait été transformé en auberge. Je touchais presque à mon berceau et déjà tout un monde s'était écoulé. Étranger aux lieux de mon enfance, en me rencontrant on demandait qui j'étais, par l'unique raison que ma tête s'élevait de quelques lignes de plus au-dessus du sol vers lequel elle s'inclinera de nouveau dans peu d'années. Combien rapidement et que de fois nous changeons d'existence et de chimère! Des amis nous quittent, d'autres leur succèdent; nos liaisons varient : il y a toujours un temps où nous ne possédions rien de ce que nous possédons, un temps où nous n'avons rien de ce que nous eûmes. L'homme n'a pas une seule et même vie; il en a plusieurs mises bout à bout, et c'est sa misère.

Désormais sans compagnon, j'explorais l'arène qui vit mes châteaux de sable : *campos ubi Troja fuit*. Je marchais sur la plage désertée de la mer. Les grèves abandonnées du flux m'offraient l'image de ces espaces désolés que les illusions laissent autour de nous lorsqu'elles se retirent. Mon compatriote Abailard regardait comme moi ces flots, il y a huit cents ans, avec le souvenir de son Héloïse; comme moi il voyait fuir quelque vaisseau (*ad horizontis undas*), et son oreille était bercée ainsi que la mienne de l'unisonance des vagues. Je m'exposais au brisement de la lame en me livrant aux imaginations funestes que j'avais apportées des bois de Combourg. Un cap, nommé Lavarde, servait de terme à mes courses : assis sur la pointe de ce cap, dans les pensées les plus amères, je me souvenais que ces mêmes rochers servaient à me cacher dans mon enfance, à l'époque des fêtes; j'y dévorais mes larmes et mes camarades s'enivraient de joie. Je ne me sentais ni plus aimé, ni plus heureux. Bientôt j'allais quitter ma patrie pour émietter mes jours en divers climats. Ces réflexions me navraient à mort, et j'étais tenté de me laisser tomber dans les flots.

Une lettre me rappelle à Combourg : j'arrive, je soupe avec ma famille; monsieur mon père ne me dit pas un mot, ma mère soupire, Lucile paraît consternée; à dix heures on se retire. J'interroge ma sœur; elle ne savait rien. Le lendemain à huit heures du matin on m'envoie chercher. Je descends : mon père m'attendait dans son cabinet.

« Monsieur le chevalier, me dit-il, il faut re-
« noncer à vos folies. Votre frère a obtenu

« pour vous un brevet de sous-lieutenant au « régiment de Navarre. Vous allez partir pour « Rennes, et de là pour Cambrai. Voilà cent « louis; ménagez-les. Je suis vieux et malade; « je n'ai pas longtemps à vivre. Conduisez-vous « en homme de bien et ne déshonorez jamais « votre nom. »

Il m'embrassa. Je sentis ce visage ridé et sévère se presser avec émotion contre le mien : c'était pour moi le dernier embrassement paternel.

Le comte de Chateaubriand, homme si redoutable à mes yeux, ne me parut dans ce moment que le père le plus digne de ma tendresse. Je me jetai sur sa main décharnée et pleurai. Il commençait d'être attaqué d'une paralysie; elle le conduisit au tombeau; son bras gauche avait un mouvement convulsif qu'il était obligé de contenir avec sa main droite. Ce fut en retenant ainsi son bras et après m'avoir remis sa vieille épée, que sans me donner le temps de me reconnaître, il me conduisit au cabriolet qui m'attendait dans la Cour Verte. Il m'y fit monter devant lui. Le postillon partit, tandis que je saluais des yeux ma mère et ma sœur qui fondaient en larmes sur le perron.

Je remontai la chaussée de l'étang ; je vis les roseaux de mes hirondelles, le ruisseau du moulin et la prairie; je jetai un regard sur le château. Alors, comme Adam après son péché, je m'avançai sur la terre inconnue : le monde était tout devant moi : *and the world was all before him.*

Depuis cette époque, je n'ai revu Combourg que trois fois : après la mort de mon père, nous nous y trouvâmes en deuil, pour partager notre héritage et nous dire adieu. Une autre fois j'accompagnai ma mère à Combourg : elle s'occupait de l'ameublement du château ; elle attendait mon frère, qui devait amener ma belle-sœur en Bretagne. Mon frère ne vint point ; il eut bientôt avec sa jeune épouse, de la main du bourreau, un autre chevet que l'oreiller préparé des mains de ma mère. Enfin, je traversai une troisième fois Combourg, en allant m'embarquer à Saint-Malo pour l'Amérique. Le château était abandonné, je fus obligé de descendre chez le régisseur. Lorsque, en errant dans le Grand-Mail, j'aperçus du fond d'une allée obscure le perron désert, la porte et les fenêtres fermées, je me trouvai mal. Je regagnai avec peine le village; j'envoyai chercher mes chevaux et je partis au milieu de la nuit.

Après quinze années d'absence, avant de quitter de nouveau la France et de passer en Terre-Sainte, je courus embrasser à Fougères ce qui me restait de ma famille. Je n'eus pas le courage d'entreprendre le pèlerinage des champs où la plus vive partie de mon existence fut attachée. C'est dans les bois de Combourg que je suis devenu ce que je suis, que j'ai commencé à sentir la première atteinte de cet ennui que j'ai traîné toute ma vie, de cette tristesse qui a fait mon tourment et ma félicité. Là, j'ai cherché un cœur qui pût entendre le mien ; là, j'ai vu se réunir, puis se disperser ma famille. Mon père y rêva son nom rétabli, la fortune de sa maison renouvelée : autre chimère que le temps et les révolutions ont dissipée. De six enfants que nous étions, nous ne restons plus que trois : mon frère, Julie et Lucile ne sont plus, ma mère est morte de douleur, les cendres de mon père ont été arrachées de son tombeau.

Si mes ouvrages me survivent, si je dois laisser un nom, peut-être un jour, guidé par ces *Mémoires,* quelque voyageur viendra visiter les lieux que j'ai peints. Il pourra reconnaître le château ; mais il cherchera vainement le grand bois : le berceau de mes songes a disparu comme ces songes. Demeuré seul debout sur son rocher, l'antique donjon pleure les chênes, vieux compagnons qui l'environnaient et le protégeaient contre la tempête. Isolé comme lui, j'ai vu comme lui tomber autour de moi la famille qui embellissait mes jours et me prêtait son abri : heureusement ma vie n'est pas bâtie sur la terre aussi solidement que les tours où j'ai passé ma jeunesse, et l'homme résiste moins aux orages que les monuments élevés par ses mains.

Berlin, mars 1821.

Revu en juillet 1846.

Berlin. — Potsdam. — Frédéric.

Il y a loin de Combourg à Berlin, d'un jeune rêveur à un vieux ministre. Je retrouve dans ce qui précède ces paroles : « Dans combien de lieux ai-je commencé à écrire ces Mémoires, et dans quel lieu les finirai-je ? »

Près de quatre ans ont passé entre la date

des faits que je viens de raconter et celle où je reprends ces Mémoires. Mille choses sont survenues; un second homme s'est trouvé en moi, l'homme politique : j'y suis fort peu attaché. J'ai défendu les libertés de la France, qui seules peuvent faire durer le trône légitime. Avec le *Conservateur* j'ai mis M. de Villèle au pouvoir; j'ai vu mourir le duc de Berry et j'ai honoré sa mémoire. Afin de tout concilier, je me suis éloigné; j'ai accepté l'ambassade de Berlin.

J'étais hier à Potsdam, caserne ornée, aujourd'hui sans soldats : j'étudiais le faux Julien dans sa fausse Athènes. On m'a montré à *Sans-Souci* la table où un grand monarque allemand mettait en petits vers français les maximes encyclopédiques; la chambre de Voltaire, décorée de singes et de perroquets de bois, le moulin que se fit un jeu de respecter celui qui ravageait des provinces, le tombeau du cheval *César* et des levrettes *Diane*, *Amourette*, *Biche*, *Superbe* et *Pax*. Le royal impie se plut à profaner même la religion des tombeaux, en élevant des mausolées à ses chiens; il avait marqué sa sépulture auprès d'eux, moins par mépris des hommes que par ostentation du néant.

On m'a conduit au nouveau palais, déjà tombant. On respecte dans l'ancien château de Potsdam les taches de tabac, les fauteuils déchirés et souillés, enfin toutes les traces de la malpropreté du prince renégat. Ces lieux immortalisent à la fois la saleté du cynique, l'impudence de l'athée, la tyrannie du despote et la gloire du soldat.

Une seule chose a attiré mon attention : l'aiguille d'une pendule fixée sur la minute où Frédéric expira ; j'étais trompé par l'immobilité de l'image : les heures ne suspendent point leur fuite; ce n'est pas l'homme qui arrête le temps, c'est le temps qui arrête l'homme. Au surplus, peu importe le rôle que nous avons joué dans la vie ; l'éclat ou l'obscurité de nos doctrines, nos richesses ou nos misères, nos joies ou nos douleurs ne changent rien à la mesure de nos jours. Que l'aiguille circule sur un cadran d'or ou de bois, que le cadran plus ou moins large remplisse le chaton d'une bague ou la rosace d'une basilique, l'heure n'a que la même durée.

Dans un caveau de l'église protestante, immédiatement au-dessous de la chaire du schismatique défroqué, j'ai vu le cercueil du sophiste à couronne. Ce cercueil est de bronze; quand on le frappe, il retentit. Le gendarme qui dort dans ce lit d'airain, ne serait pas même arraché à son sommeil par le bruit de sa renommée; il ne se réveillera qu'au son de la trompette, lorsqu'elle l'appellera sur son dernier champ de bataille, en face du Dieu des armées.

J'avais un tel besoin de changer d'impression que j'ai trouvé du soulagement à visiter la Maison-de-Marbre. Le roi qui la fit construire m'adressa autrefois quelques paroles honorables, quand, pauvre officier, je traversai son armée. Du moins, ce roi partagea les faiblesses ordinaires des hommes ; vulgaire comme eux, il se réfugia dans les plaisirs. Les deux squelettes se mettent-ils en peine aujourd'hui de la différence qui fut entre eux jadis, lorsque l'un était le grand Frédéric, et l'autre Frédéric-Guillaume ? Sans-Souci et la Maison-de-Marbre sont également des ruines sans maître.

A tout prendre, bien que l'énormité des événements de nos jours ait rapetissé les événements passés, bien que Rosbach, Lissa, Liegnitz, Torgau, etc., etc., ne soient plus que des escarmouches auprès des batailles de Marengo, d'Austerlitz, d'Iena, de la Moskowa, Frédéric souffre moins que d'autres personnages de la comparaison avec le géant enchaîné à Sainte-Hélène. Le roi de Prusse et Voltaire sont deux figures bizarrement groupées qui vivront : le second détruisait une société avec la philosophie qui servait au premier à fonder un royaume.

Les soirées sont longues à Berlin. J'habite un hôtel appartenant à madame la duchesse de

Dino. Dès l'entrée de la nuit, mes secrétaires m'abandonnent. Quand il n'y a pas de fête à la cour pour le mariage du grand duc et de la grande duchesse Nicolas [1], je reste chez moi. Enfermé seul auprès d'un poële à figure morne, je n'entends que le cri de la sentinelle de la porte de Brandebourg, et les pas sur la neige de l'homme qui siffle les heures. A quoi passerai-je mon temps ? Des livres ? je n'en ai guère : si je continuais mes Mémoires ?

Vous m'avez laissé sur le chemin de Combourg à Rennes : je débarquai dans cette dernière ville chez un de mes parents. Il m'annonça tout joyeux, qu'une dame de sa connaissance, allant à Paris, avait une place à donner dans sa voiture, et qu'il se faisait fort de déterminer cette dame à me prendre avec elle. J'acceptai, en maudissant la courtoisie de mon parent. Il conclut l'affaire et me présenta bientôt à ma compagne de voyage, marchande

[1] Aujourd'hui l'empereur et l'impératrice de Russie. (Paris, note de 1832).

de modes, leste et désinvolte, qui se prit à rire en me regardant. A minuit les chevaux arrivèrent et nous partîmes.

Me voilà dans une chaise de poste, seul avec une femme, au milieu de la nuit. Moi, qui de ma vie n'avais regardé une femme sans rougir, comment descendre de la hauteur de mes songes à cette effrayante vérité? Je ne savais où j'étais; je me collais dans l'angle de la voiture de peur de toucher la robe de madame Rose. Lorsqu'elle me parlait, je balbutiais sans lui pouvoir répondre. Elle fut obligée de payer le postillon, de se charger de tout, car je n'étais capable de rien. Au lever du jour, elle regarda avec un nouvel ébahissement ce nigaud dont elle regrettait de s'être emberloquée.

Dès que l'aspect du paysage commença de changer et que je ne reconnus plus l'habillement et l'accent des paysans bretons, je tombai dans un abattement profond, ce qui augmenta le mépris que madame Rose avait de moi. Je m'aperçus du sentiment que j'inspirais, et je reçus de ce premier essai du monde une impression que le temps n'a pas complétement effacée. J'étais né sauvage et non vergogneux; j'avais la modestie de mes années, je n'en avais pas l'embarras. Quand je devinai que j'étais ridicule par mon bon côté, ma sauvagerie se changea en une timidité insurmontable. Je ne pouvais plus dire un mot : je sentais que j'avais quelque chose à cacher, et que ce quelque chose était une vertu ; je pris le parti de me cacher moi-même pour porter en paix mon innocence.

Nous avancions vers Paris. A la descente de Saint-Cyr, je fus frappé de la grandeur des chemins et de la régularité des plantations. Bientôt nous atteignîmes Versailles : l'orangerie et ses escaliers de marbre m'émerveillèrent. Les succès de la guerre d'Amérique avaient ramené des triomphes au château de Louis XIV ; la reine y régnait dans l'éclat de la jeunesse et de la beauté ; le trône, si près de sa chute, semblait n'avoir jamais été plus solide. Et moi, passant obscur, je devais survivre à cette pompe, je devais demeurer pour voir les bois de Trianon aussi déserts que ceux dont je sortais alors.

Enfin, nous entrâmes dans Paris. Je trouvais à tous les visages un air goguenard : comme le gentilhomme périgourdin, je croyais qu'on me regardait pour se moquer de moi. Madame Rose se fit conduire rue du Mail, à l'*Hôtel de l'Europe*, et s'empressa de se débarrasser de son imbécile. A peine étais-je descendu de voiture, qu'elle dit au portier : « Donnez une « chambre à ce monsieur. — Votre servante », ajouta-t-elle, en me faisant une révérence courte. Je n'ai de mes jours revu madame Rose.

Berlin, mars 1821.

Mon frère. — Mon cousin Moreau. — Ma sœur la comtesse de Farcy.

Une femme monta devant moi un escalier noir et raide, tenant une clef étiquetée à la main ; un Savoyard me suivit portant ma petite malle. Arrivée au troisième étage, la servante ouvrit une chambre ; le Savoyard posa la malle en travers sur les bras d'un fauteuil. La servante me dit : « Monsieur veut-il quelque chose ? » — Je répondis : « Non ». Trois coups de sifflet partirent ; la servante cria : « On y va ! », sortit brusquement, ferma la porte et dégringola l'escalier avec le Savoyard. Quand je me vis seul enfermé, mon cœur se serra d'une si étrange sorte qu'il s'en fallut peu que je ne reprisse le chemin de la Bretagne. Tout ce que j'avais entendu dire de Paris me revenait dans l'esprit ; j'étais embarrassé de cent manières. Je m'aurais voulu coucher et le lit n'était point fait ; j'avais faim et je ne savais comment dîner. Je craignais de manquer aux usages : fallait-il appeler les gens de l'hôtel ? fallait-il descendre ? à qui m'adresser ? Je me hasardai à mettre la tête à la fenêtre : je n'aperçus qu'une petite cour intérieure profonde comme un puits, où passaient et repassaient des gens qui ne songeraient de leur vie au prisonnier du troisième étage. Je vins me rasseoir auprès de la sale alcôve où je me devais coucher, réduit à contempler les personnages du papier peint qui en tapissait l'intérieur. Un bruit lointain de voix se fait entendre, augmente, approche; ma porte s'ouvre : entrent mon frère et un de mes cousins, fils d'une sœur de ma mère qui avait fait un assez mauvais mariage. Madame Rose avait pourtant eu pitié du benêt, elle avait fait dire à mon frère, dont elle avait su l'adresse à Rennes, que j'étais arrivé à Paris. Mon frère m'embrassa. Mon cousin Moreau était un grand et gros homme, tout barbouillé de tabac, mangeant comme un ogre, parlant beaucoup, toujours trottant, soufflant, étouffant, la bouche entr'ouverte, la langue à moitié tirée, connaissant toute la terre, vivant dans les tripots, les antichambres et les salons. « Allons, chevalier, « s'écria-t-il, vous voilà à Paris; je vais vous « mener chez madame de Chastenay? » Qu'était-ce que cette femme dont j'entendais prononcer le nom pour la première fois? Cette proposition me révolta contre mon cousin Moreau. « Le chevalier a sans doute besoin de repos, » dit mon frère; « nous irons voir madame de

« Farcy, puis il reviendra dîner et se coucher. »

Un sentiment de joie entra dans mon cœur : le souvenir de ma famille au milieu d'un monde indifférent me fut un baume. Nous sortîmes. Le cousin Moreau tempêta au sujet de ma mauvaise chambre, et enjoignit à mon hôte de me faire descendre au moins d'un étage. Nous montâmes dans la voiture de mon frère, et nous nous rendîmes au couvent qu'habitait madame de Farcy.

Julie se trouvait depuis quelque temps à Paris pour consulter les médecins. Sa charmante figure, son élégance et son esprit l'avaient bientôt fait rechercher. J'ai déjà dit qu'elle était née avec un vrai talent pour la poésie. Elle est devenue une sainte, après avoir été une des femmes les plus agréables de son siècle : l'abbé Carron a écrit sa vie[1]. Ces apôtres qui vont partout à la recherche des âmes,

[1] J'ai placé la vie de ma sœur Julie au supplément de ces *Mémoires*. Note B.

ressentent pour elles l'amour qu'un Père de l'Eglise attribue au Créateur : « Quand une « âme arrive au Ciel, » dit ce Père, avec la simplicité de cœur d'un chrétien primitif, et la naïveté du génie grec, « Dieu la prend sur ses « genoux et l'appelle sa fille. »

Lucile a laissé une poignante lamentation : *A la sœur que je n'ai plus.* L'admiration de l'abbé Carron pour Julie explique et justifie les paroles de Lucile. Le récit du saint prêtre montre aussi que j'ai dit vrai dans la préface du *Génie du Christianisme,* et sert de preuve à quelques parties de mes *Mémoires.*

Julie innocente se livra aux mains du repentir ; elle consacra les trésors de ses austérités au rachat de ses frères ; et à l'exemple de l'illustre africaine sa patrone, elle se fit martyre.

L'abbé Carron, l'auteur de la *Vie des Justes,* est cet ecclésiastique mon compatriote, le François de Paule de l'exil, dont la renommée, révélée par les affligés, perça même à travers la renommée de Bonaparte. La voix d'un pauvre vicaire proscrit n'a point été étouffée par les retentissements d'une révolution qui bouleversait la société ; il parut être revenu tout exprès de la terre étrangère pour écrire les vertus de ma sœur : il a cherché parmi nos ruines, il a découvert une victime et une tombe oubliées.

Lorsque le nouvel hagiographe fait la peinture des religieuses cruautés de Julie, on croit entendre Bossuet dans le sermon sur la profession de foi de mademoiselle de Lavallière :

« Osera-t-elle toucher à ce corps si tendre, « si chéri, si ménagé? N'aura-t-on point pitié « de cette complexion délicate? Au contraire ! « c'est à lui principalement que l'âme s'en prend « comme à son plus dangereux séducteur; elle « se met des bornes; resserrée de toutes parts, « elle ne peut plus respirer que du côté du Ciel. »

Je ne puis me défendre d'une certaine confusion en retrouvant mon nom dans les dernières lignes tracées par la main du vénérable historien de Julie. Qu'ai-je à faire avec mes faiblesses auprès de si hautes perfections? Ai-je tenu tout ce que le billet de ma sœur m'avait fait promettre, lorsque je le reçus pendant mon émigration à Londres ? Un livre suffit-il à Dieu ? n'est-ce pas ma vie que je devrais lui présenter ? Or, cette vie est-elle conforme au *Génie du Christianisme ?* Qu'importe que j'aie tracé des images plus ou moins brillantes de la religion, si mes passions jettent une ombre sur ma foi ! Je n'ai pas été jusqu'au bout ; je n'ai pas endossé le cilice : cette tunique de mon viatique aurait bu et séché mes sueurs. Mais, voyageur lassé, je me suis assis au bord du chemin : fatigué ou non, il faudra bien que je me relève, que j'arrive où ma sœur est arrivée.

Il ne manque rien à la gloire de Julie : l'abbé Carron a écrit sa vie ; Lucile a pleuré sa mort.

Berlin, 30 mars 1821.

Julie mondaine. — Dîner. — Pommereul. — Madame de Chastenay.

Quand je retrouvai Julie à Paris, elle était dans la pompe de la mondanité; elle se montrait couverte de ces fleurs, parée de ces colliers, voilée de ces tissus parfumés que saint Clément défend aux premières chrétiennes. Saint Basile veut que le milieu de la nuit soit pour le solitaire, ce que le matin est pour les autres, afin de profiter du silence de la nature. Ce milieu de la nuit était l'heure où Julie allait à des fêtes dont ses vers, accentués par elle avec une merveilleuse euphonie, faisaient la principale séduction.

Julie était infiniment plus jolie que Lucile; elle avait des yeux bleus caressants et des cheveux bruns à gaufrures ou à grandes ondes. Ses mains et ses bras, modèles de blancheur et de forme, ajoutaient par leurs mouvements gracieux quelque chose de plus charmant encore à sa taille charmante. Elle était brillante, animée, riait beaucoup sans affectation, et montrait en riant des dents perlées. Une foule de portraits de femmes du temps de Louis XIV ressemblaient à Julie, entr'autres ceux des trois Mortemart; mais elle avait plus d'élégance que madame de Montespan.

Julie me reçut avec cette tendresse qui n'appartient qu'à une sœur. Je me sentis protégé en étant serré dans ses bras, ses rubans, son bouquet de roses et ses dentelles. Rien ne remplace l'attachement, la délicatesse et le dévouement d'une femme; on est oublié de ses frères et de ses amis ; on est méconnu de ses compagnons; on ne l'est jamais de sa mère, de sa sœur ou de sa femme. Quand Harold fut tué à la bataille d'Hastings, personne ne le pouvait indiquer dans la foule des morts; il fallut avoir recours à une jeune fille, sa bien-aimée. Elle vint, et l'infortuné prince fut retrouvé par Edith au cou de cygne : « *Editha swanes-hales,* « *quod sonat collum cycni.* »

Mon frère me ramena à mon hôtel; il donna des ordres pour mon dîner et me quitta. Je dînai solitaire, je me couchai triste. Je passai ma première nuit à Paris à regretter mes bruyères et à trembler devant l'obscurité de mon avenir.

A huit heures, le lendemain matin, mon gros cousin arriva; il était déjà à sa cinquième ou sixième course. « Eh bien! chevalier, nous « allons déjeuner; nous dînerons avec Pomme-

« reul, et ce soir, je vous mène chez madame « de Chastenay. » Ceci me parut un sort, et je me résignai. Tout se passa comme le cousin l'avait voulu. Après déjeuner, il prétendit me montrer Paris, et me traîna dans les rues les plus sales des environs du Palais-Royal, me racontant les dangers auxquels était exposé un jeune homme. Nous fûmes ponctuels au rendez-vous du dîner, chez le restaurateur. Tout ce qu'on servit me parut mauvais. La conversation et les convives me montrèrent un autre monde. Il fut question de la cour, des projets de finances, des séances de l'Académie, des femmes et des intrigues du jour, de la pièce nouvelle, des succès des acteurs, des actrices et des auteurs.

Plusieurs Bretons étaient au nombre des convives, entre autres le chevalier de Guer et Pommereul. Celui-ci était un beau parleur, lequel a écrit quelques campagnes de Bonaparte, et que j'étais destiné à retrouver à la tête de la librairie.

Pommereul, sous l'Empire, a joui d'une sorte de renom par sa haine pour la noblesse. Quand un gentilhomme s'était fait chambellan, il s'écriait, plein de joie : « Encore un pot de chambre sur la tête de ces nobles! » Et pourtant Pommereul prétendait, et avec raison, être gentilhomme. Il signait *Pommereux*, se faisant descendre de la famille Pommereux des lettres de madame de Sévigné.

Mon frère, après le dîner, voulut me mener au spectacle, mais mon cousin me réclama pour madame de Chastenay, et j'allai avec lui chez ma destinée.

Je vis une belle femme qui n'était plus de la première jeunesse, mais qui pouvait encore inspirer un attachement. Elle me reçut bien, tâcha de me mettre à l'aise, me questionna sur ma province et sur mon régiment. Je fus gauche et embarrassé; je faisais des signes à mon cousin pour abréger la visite. Mais lui, sans me regarder, ne tarissait point sur mes mérites, affirmant que j'avais fait des vers dans le sein de ma mère, et m'invitant à célébrer madame de Chastenay. Elle me débarrassa de cette situation pénible, me demanda pardon d'être obligée de sortir, et m'invita à revenir la voir le lendemain matin, avec un son de voix si doux que je promis involontairement d'obéir.

Je revins le lendemain seul chez elle : je la trouvai couchée dans une chambre élégamment arrangée. Elle me dit qu'elle était un peu souffrante, et qu'elle avait la mauvaise habitude de se lever tard. Je me trouvais pour la première fois au bord du lit d'une femme qui n'était ni ma mère, ni ma sœur. Elle avait remarqué la veille ma timidité, elle la vainquit au point que j'osai m'exprimer avec une sorte d'abandon. J'ai oublié ce que je lui dis ; mais il me semble que je vois encore son air étonné. Elle me tendit un bras demi-nu et la plus belle main du monde, en me disant avec un sourire : « Nous vous apprivoiserons. » Je ne baisai pas même cette belle main ; je me retirai tout

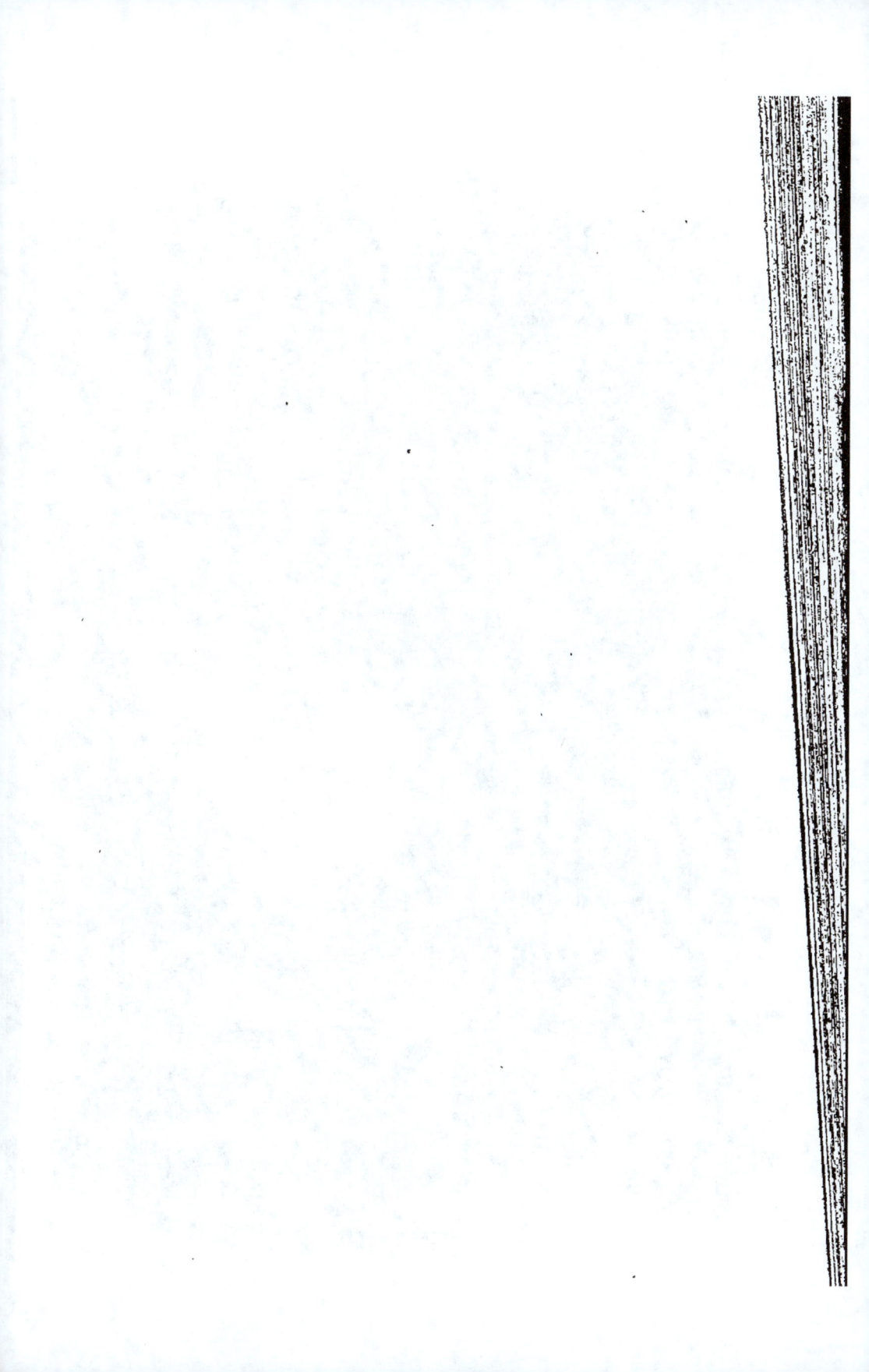

troublé. Je partis le lendemain pour Cambrai. Qui était cette dame de Chastenay? Je n'en sais rien : elle a passé comme une ombre charmante dans ma vie.

Berlin, mars 1821.

Cambrai. — Le régiment de Navarre. — La Martinière.

Le courrier de la malle me conduisit à ma garnison. Un de mes beaux-frères, le vicomte de Chateaubourg, (il avait épousé ma sœur Bénigne, restée veuve du comte de Québriac) m'avait donné des lettres de recommandation pour des officiers de mon régiment. Le chevalier de Guénan, homme de fort bonne compagnie, me fit admettre à une table où mangeaient des officiers distingués par leurs talents, MM. Achard, des Mahis, La Martinière. Le marquis de Mortemart était colonel du régiment, le comte d'Andrezel, major : j'étais particulièrement placé sous la tutelle de celui-ci. Je les ai retrouvés tous deux dans la suite : l'un est devenu mon collègue à la chambre des pairs, l'autre s'est adressé à moi pour quelques services que j'ai été heureux de lui rendre. Il y a un plaisir triste à rencontrer des personnes que l'on a connues à diverses époques de la vie et à considérer le changement opéré dans leur existence et dans la nôtre. Comme des jalons laissés en arrière, ils nous tracent le chemin que nous avons suivi dans le désert du passé.

Arrivé en habit bourgeois au régiment, vingt-quatre heures après j'avais pris l'habit de soldat; il me semblait l'avoir toujours porté. Mon uniforme était bleu et blanc, comme jadis la jaquette de mes vœux : j'ai marché sous les mêmes couleurs, jeune homme et enfant. Je ne subis aucune des épreuves à travers lesquelles les sous-lieutenants étaient dans l'usage de faire passer un nouveau venu; je ne sais pourquoi on n'osa se livrer avec moi à ces enfantillages militaires. Il n'y avait pas quinze jours que j'étais au corps, qu'on me traitait comme un *ancien*. J'appris facilement le maniement des armes et la théorie; je franchis mes grades de caporal et de sergent aux applaudissements de mes instructeurs. Ma chambre devint le rendez-vous des vieux capitaines comme des jeunes sous-lieutenants : les premiers me faisaient faire leurs campagnes, les autres me confiaient leurs amours.

La Martinière me venait chercher pour passer avec lui devant la porte d'une belle Cambrésienne qu'il adorait; cela nous arrivait cinq à six fois le jour. Il était très laid et avait le visage labouré par la petite-vérole. Il me racontait sa passion en buvant de grands verres d'eau de groseille, que je payais quelquefois.

Tout aurait été à merveille sans ma folle ardeur pour la toilette; on affectait alors le rigorisme de la tenue prussienne : petit chapeau, petites boucles serrées à la tête, queue attachée raide, habit strictement agrafé. Cela me déplaisait fort; je me soumettais le matin à ces entraves, mais le soir, quand j'espérais n'être pas vu des chefs, je m'affublais d'un plus grand chapeau ; le barbier descendait les boucles de mes cheveux et desserrait ma queue; je déboutonnais et croisais les revers de mon habit; dans ce tendre négligé, j'allais faire ma cour pour La Martinière, sous la fenêtre de sa cruelle Flamande. Voilà qu'un jour je me rencontre nez à nez avec M. d'Andrezel : « Qu'est-ce que « cela, monsieur? me dit le terrible major : « vous garderez trois jours les arrêts. » Je fus un peu humilié; mais je reconnus la vérité du proverbe, qu'à quelque chose malheur est bon; il me délivra des amours de mon camarade.

Auprès du tombeau de Fénelon, je relus Télémaque : je n'étais pas trop en train de l'historiette philanthropique de la vache et du prélat.

Le début de ma carrière amuse mes ressouvenirs. En traversant Cambrai avec le roi, après les Cent-Jours, je cherchai la maison que j'avais habitée et le café que je fréquentais : je ne les pus retrouver ; tout avait disparu, hommes et monuments.

Mort de mon père.

L'année même où je faisais à Cambrai mes premières armes, on apprit la mort de Frédéric II : je suis ambassadeur auprès du neveu de ce grand roi, et j'écris à Berlin cette partie de mes Mémoires. A cette nouvelle importante pour le public, succéda une autre nouvelle, douloureuse pour moi : Lucile m'annonça que mon père avait été emporté d'une attaque d'apoplexie, le surlendemain de cette fête de l'Angevine, une des joies de mon enfance.

Parmi les pièces authentiques qui me servent de guide, je trouve les actes de décès de mes parents. Ces actes marquant aussi d'une façon particulière le *décès du siècle,* je les consigne ici comme une page d'histoire.

« Extrait du registre de décès de la paroisse « de Combourg, pour 1786, où est écrit ce qui « suit, folio 8, verso :

« Le corps de haut et puissant messire René « de Chateaubriand, chevalier, comte de Com« bourg, seigneur de Gaugres, le Plessis-l'E« pine, Boulet, Malestroit en Dol et autres lieux, « époux de haute et puissante dame Apolline« Jeanne-Suzanne de Bédée de la Bouëtar« dais, dame comtesse de Combourg, âgé de « soixante-neuf ans environ, mort en son châ« teau de Combourg, le six septembre, environ « les huit heures du soir, a été inhumé le huit,

« dans le caveau de ladite seigneurie, placé « dans le chasseau de notre église de Com- « bourg, en présence de messieurs les gentils- « hommes, de messieurs les officiers de la « juridiction et autres notables bourgeois sous- « signants. Signé au registre : le comte du « Petitbois, de Monlouët, de Chateaudassy, « Delaunay, Morault, Noury de Mauny, avocat; « Hermer, procureur; Petit, avocat et procu- « reur fiscal; Robiou, Portal, Le Douarin, de « Trevelec, recteur doyen de Dingé; Sévin, « recteur. »

Dans le *collationné* délivré en 1812 par M. Lodin, maire de Combourg, les dix-neuf mots portant titres : *haut et puissant messire, etc.*, sont biffés.

« Extrait du registre des décès de la ville de « Saint-Servan, premier arrondissement du « département d'Ille-et-Vilaine, pour l'an VI « de la République, folio 35, recto, où est écrit « ce qui suit :

« Le douze prairial, an six de la République

« française, devant moi, Jacques Bourdasse, « officier municipal de la commune de Saint- « Servan, élu officier public le quatre floréal « dernier, sont comparus Jean Baslé, jardi- « nier, et Joseph Boulin, journalier, lesquels « m'ont déclaré qu'Apolline-Jeanne-Suzanne « de Bedée, veuve de René-Auguste de Cha- « teaubriand, est décédée au domicile de la « citoyenne Gouyon, situé à La Ballue, en cette « commune, ce jour, à une heure après midi. « D'après cette déclaration, dont je me suis « assuré de la vérité, j'ai rédigé le présent acte, « que Jean Baslé a seul signé avec moi, Joseph « Boudin ayant déclaré ne le savoir faire, de ce « interpellé.

« Fait en la maison commune lesdits jour et « an. Signé Jean Baslé et Bourdasse. »

Dans le premier extrait, l'ancienne société subsiste : M. de Chateaubriand est un *haut et puissant seigneur*, etc., etc.; les témoins sont des *gentilshommes* et de *notables bourgeois;* je rencontre parmi les signataires ce marquis de Monlouët, qui s'arrêtait l'hiver au château de Combourg, le curé Sévin, qui eut tant de peine à me croire l'auteur du *Génie du Christianisme*, hôtes fidèles de mon père jusqu'à sa dernière demeure. Mais mon père ne coucha pas longtemps dans son linceul : il en fut jeté hors, quand on jeta la vieille France à la voirie.

Dans l'extrait mortuaire de ma mère, la terre roule sur d'autres pôles : nouveau monde, nouvelle ère ; le comput des années et les noms même des mois sont changés. Madame de Chateaubriand n'est plus qu'une pauvre femme qui obite au domicile de la *citoyenne* Gouyon ; un jardinier, et un journalier qui ne sait pas signer, attestent seuls la mort de ma mère : de parents et d'amis, point ; nulle pompe funèbre ; pour tout assistant, la Révolution[1].

[1] Mon neveu à la mode de Bretagne, Frédéric de Chateaubriand, fils de mon cousin Armand, a acheté La Ballue, où mourut ma mère.

Berlin, mars 1821.

Regrets. — Mon père m'eût-il apprécié?

Je pleurai M. de Chateaubriand : sa mort me montra mieux ce qu'il valait ; je ne me souvins ni de ses rigueurs ni de ses faiblesses. Je croyais encore le voir se promener le soir dans la salle de Combourg ; je m'attendrissais à la pensée de ces scènes de famille. Si l'affection de mon père pour moi se ressentait de la sévérité du caractère, au fond elle n'en était pas moins vive. Le farouche maréchal de Montluc qui, rendu camard par des blessures effrayantes, était réduit à cacher, sous un morceau de suaire, l'horreur de sa gloire, cet homme de carnage se reproche sa dureté envers un fils qu'il venait de perdre.

« Ce pauvre garçon, disait-il, n'a rien veu « de moy qu'une contenance refroignée et « pleine de mespris; il a emporté cette créance, « que je n'ay sceu ny l'aymer ny l'estimer selon « son mérite. A qui garday-je à descouvrir « cette singulière affection que je luy portay « dans mon âme? Estait-ce pas luy qui en de- « vait avoir tout le plaisir et toute l'obligation? « Je me suis contraint et gehenné pour main- « tenir ce vain masque, et y ay perdu le plaisir « de sa conversation, et sa volonté, quant et « quant, qu'il ne me peut avoir portée autre « que bien froide, n'ayant jamais reçeu de

« moy que rudesse, ny senti qu'une façon ty-
« rannique. »

Ma *volonté ne fut point portée bien froide* envers mon père, et je ne doute point que, malgré sa *façon tyrannique*, il ne m'aimât tendrement : il m'eût, j'en suis sûr, regretté, la Providence m'appelant avant lui. Mais lui, restant sur la terre avec moi, eût-il été sensible au bruit qui s'est élevé de ma vie ? Une renommée littéraire aurait blessé sa gentilhommerie ; il n'aurait vu dans les aptitudes de son fils qu'une dégénération ; l'ambassade même de Berlin, conquête de la plume, non de l'épée, l'eût médiocrement satisfait. Son sang breton le rendait d'ailleurs frondeur en politique, grand opposant des taxes et violent ennemi de la cour. Il lisait la *Gazette de Leyde*, le *Journal de Francfort*, le *Mercure de France* et l'*Histoire philosophique des deux Indes*, dont les déclamations le charmaient ; il appelait l'abbé Raynal un *maître homme*. En diplomatie il était anti-musulman ; il affirmait que quarante mille *polissons russes* passeraient sur le ventre des janissaires et prendraient Constantinople. Bien que turcophage, mon père avait nonobstant rancune au cœur contre les *polissons russes,* à cause de ses rencontres à Dantzick.

Je partage le sentiment de M. de Chateaubriand sur les réputations littéraires ou autres, mais par des raisons différentes des siennes. Je ne sache pas dans l'histoire une renommée qui me tente : fallût-il me baisser pour ramasser à mes pieds et à mon profit la plus grande gloire du monde, je ne m'en donnerais pas la fatigue. Si j'avais pétri mon limon, peut-être me fussé-je créé femme, en passion d'elles; ou si je m'étais fait homme, je me serais octroyé d'abord la beauté; ensuite, par précaution contre l'ennui mon ennemi acharné, il m'eût assez convenu d'être un artiste supérieur, mais inconnu, et n'usant de mon talent qu'au bénéfice de ma solitude. Dans la vie pesée à son poids léger, aunée à sa courte mesure, dégagée de toute piperie, il n'est que deux choses vraies : la religion avec l'intelligence, l'amour avec la jeunesse, c'est à dire l'avenir et le présent : le reste n'en vaut pas la peine.

Avec mon père finissait le premier acte de ma vie : les foyers paternels devenaient vides ; je les plaignais, comme s'ils eussent été capables de sentir l'abandon et la solitude. Désormais j'étais sans maître et jouissant de ma fortune : cette liberté m'effraya. Qu'en allais-je faire ? A qui la donnerais-je ? Je me défiais de ma force ; je reculais devant moi.

Berlin, mars 1821.

Retour en Bretagne. — Séjour chez ma sœur aînée. — Mon frère m'appelle à Paris.

J'obtins un congé. M. d'Andrezel, nommé lieutenant-colonel du régiment de Picardie, quittait Cambrai : je lui servis de courrier. Je traversai Paris, où je ne voulus pas m'arrêter un quart d'heure ; je revis les landes de ma Bretagne avec plus de joie qu'un Napolitain banni dans nos climats ne reverrait les rives de Portici, les campagnes de Sorrente. Ma famille se rassembla à Combourg ; on régla les partages; cela fait, nous nous dispersâmes, comme des oiseaux s'envolent du nid paternel. Mon frère arrivé de Paris y retourna; ma mère se fixa à Saint-Malo ; Lucile suivit Julie; je passai une partie de mon temps chez mesdames de Marigny, de Chateaubourg et de Farcy. Marigny, château de ma sœur aînée, à trois lieues de Fougères, était agréablement situé entre deux étangs parmi des bois, des rochers et des prairies. J'y demeurai quelques mois tranquille ; une lettre de Paris vint troubler mon repos.

Au moment d'entrer au service et d'épouser mademoiselle de Rosambo, mon frère n'avait point encore quitté la robe; par cette raison il ne pouvait monter dans les carrosses. Son ambition pressée lui suggéra l'idée de me faire jouir des honneurs de la cour, afin de mieux préparer les voies à son élévation. Les preuves de noblesse avaient été faites pour Lucile, lorsqu'elle fut reçue au chapitre de l'Argentière; de sorte que tout était prêt : le maréchal de Duras devait être mon patron. Mon frère m'annonçait que j'entrais dans la route de la fortune; que déjà j'obtenais le rang de capitaine de cavalerie, rang honorifique et de courtoisie; qu'il serait ensuite aisé de m'attacher à l'ordre de Malte, au moyen de quoi je jouirais de gros bénéfices.

Cette lettre me frappa comme un coup de foudre : retourner à Paris, être présenté à la cour, — et je me trouvais presque mal quand je rencontrais trois ou quatre personnes inconnues dans un salon ! Me faire comprendre l'ambition, à moi qui ne rêvais que de vivre oublié !

Mon premier mouvement fut de répondre à mon frère qu'étant l'aîné, c'était à lui de soutenir son nom; que, quant à moi, obscur cadet de Bretagne, je ne me retirerais pas du service, parce qu'il y avait des chances de guerre; mais que si le roi avait besoin d'un soldat dans son armée, il n'avait pas besoin d'un pauvre gentilhomme à sa cour.

Je m'empressai de lire cette réponse romanesque à madame de Marigny, qui jeta les hauts cris ; on appela madame de Farcy, qui se moqua de moi ; Lucile m'aurait bien voulu soutenir, mais elle n'osait combattre ses sœurs. On m'arracha ma lettre, et toujours faible quand il s'agit de moi, je mandai à mon frère que j'allais partir.

Je partis en effet ; je partis pour être présenté à la première cour de l'Europe, pour débuter dans la vie de la manière la plus brillante, et j'avais l'air d'un homme que l'on traîne aux galères, ou sur lequel on va prononcer une sentence de mort.

Berlin, mars 1821.

Ma vie solitaire à Paris.

J'entrai dans Paris par le chemin que j'avais suivi la première fois; j'allai descendre au même hôtel, rue du Mail : je ne connaissais que cela. Je fus logé à la porte de mon ancienne chambre, mais dans un appartement un peu plus grand et donnant sur la rue.

Mon frère, soit qu'il fût embarrassé de mes manières, soit qu'il eût pitié de ma timidité, ne me mena point dans le monde et ne me fit faire connaissance avec personne. Il demeurait rue des Fossés-Montmartre ; j'allais tous les jours dîner chez lui à trois heures ; nous nous quittions ensuite et nous ne nous revoyions que le lendemain. Mon gros cousin Moreau n'était plus à Paris. Je passai deux ou trois fois devant l'hôtel de madame de Chastenay, sans oser demander au suisse ce qu'elle était devenue.

L'automne commençait. Je me levais à six heures; je passais au manége; je déjeunais. J'avais heureusement alors la rage du grec : je traduisais l'Odyssée et la Cyropédie jusqu'à deux heures, en entremêlant mon travail d'études historiques. A deux heures je m'habillais, je me rendais chez mon frère ; il me demandait ce que j'avais fait, ce que j'avais vu ; je répondais : « Rien. » Il haussait les épaules et me tournait le dos.

Un jour, on entend du bruit au dehors ; mon

frère court à la fenêtre et m'appelle : je ne voulus jamais quitter le fauteuil dans lequel j'étais étendu au fond de la chambre. Mon pauvre frère me prédit que je mourrais inconnu, inutile à moi et à ma famille.

A quatre heures, je rentrais chez moi; je m'asseyais derrière ma croisée. Deux jeunes personnes de quinze ou seize ans, venaient à cette heure dessiner à la fenêtre d'un hôtel bâti en face, de l'autre côté de la rue. Elles s'étaient aperçues de ma régularité, comme moi de la leur. De temps en temps, elles levaient la tête pour regarder leur voisin; je leur savais un gré infini de cette marque d'attention : elles étaient ma seule société à Paris.

Quand la nuit approchait, j'allais à quelque spectacle; le désert de la foule me plaisait, quoiqu'il m'en coutât toujours un peu de prendre mon billet à la porte et de me mêler aux hommes. Je rectifiai les idées que je m'étais formées du théâtre à Saint-Malo. Je vis madame Saint-Huberti dans le rôle d'Armide;

je sentis qu'il avait manqué quelque chose à la magicienne de ma création. Lorsque je ne m'emprisonnais pas dans la salle de l'Opéra ou des Français, je me promenais de rue en rue ou le long des quais, jusqu'à dix et onze heures du soir. Je n'aperçois pas encore aujourd'hui la file des reverbères de la place Louis XV à la barrière des Bons-Hommes, sans me souvenir des angoisses dans lesquelles j'étais, quand je suivis cette route pour me rendre à Versailles lors de ma présentation.

Rentré au logis, je demeurais une partie de la nuit la tête penchée sur mon feu qui ne me disait rien : je n'avais pas, comme les Persans, l'imagination assez riche pour me figurer que la flamme ressemblait à l'anémone, et la braise à la grenade. J'écoutais les voitures allant, venant, se croisant; leur roulement lointain imitait le murmure de la mer sur les grèves de ma Bretagne, ou du vent dans mes bois de Combourg. Ces bruits du monde qui rappelaient ceux de la solitude réveillaient mes regrets ; j'évoquais mon ancien mal, ou bien mon imagination inventait l'histoire des personnages que ces chars emportaient : j'apercevais des salons radieux, des bals, des amours, des conquêtes. Bientôt, retombé sur moi-même, je me retrouvais, délaissé dans une hôtellerie, voyant le monde par la fenêtre et l'entendant aux échos de mon foyer.

Rousseau croit devoir à sa sincérité, comme à l'enseignement des hommes, la confession des voluptés suspectes de sa vie ; il suppose même qu'on l'interroge gravement et qu'on lui demande compte de ses péchés avec les *donne pericolanti* de Venise. Si je m'étais prostitué aux courtisanes de Paris, je ne me croirais pas obligé d'en instruire la postérité ; mais j'étais trop timide d'un côté, trop exalté de l'autre, pour me laisser séduire à des filles de joie. Quand je traversais les troupeaux de ces malheureuses attaquant les passants pour les hisser à leurs entresols, comme les cochers de Saint-Cloud pour faire monter les voyageurs dans leurs voitures, j'étais saisi de dégoût et d'horreur. Les plaisirs d'aventure ne m'auraient convenu qu'aux temps passés.

Dans les XIVe, XVe, XVIe et XVIIe siècles, la civilisation imparfaite, les croyances superstitieuses, les usages étrangers et demi-barbares, mêlaient le roman partout : les caractères étaient forts, l'imagination puissante, l'existence mystérieuse et cachée. La nuit, autour des hauts murs des cimetières et des couvents, sous les remparts déserts de la ville, le long des chaînes et des fossés des marchés, à l'orée des quartiers clos, dans les rues étroites et sans reverbères, où des voleurs et des assassins se tenaient embusqués, où des rencontres avaient lieu tantôt à la lumière des flambeaux, tantôt dans l'épaisseur des ténèbres, c'était au péril de sa tête qu'on cherchait le rendez-vous donné par quelque Héloïse. Pour se livrer au désordre, il fallait aimer véritablement ; pour violer les mœurs générales, il fallait faire de grands sacrifices. Non-seulement il s'agissait d'affronter des dangers fortuits et de braver le glaive des lois, mais on était obligé de vaincre en soi l'empire des habitudes régulières, l'autorité de la famille, la tyrannie des coutumes domestiques, l'opposition de la conscience, les terreurs et les devoirs du chrétien. Toutes ces entraves doublaient l'énergie des passions.

Je n'aurais pas suivi en 1788 une misérable affamée qui m'eût entraîné dans son bouge sous la surveillance de la police; mais il est probable que j'eusse mis à fin, en 1606, une aventure du genre de celle qu'a si bien racontée Bassompierre.

« Il y avait cinq ou six mois, dit le maréchal, « que toutes les fois que je passois sur le Petit-« Pont (car en ce temps-là le Pont-Neuf n'é-« tait point bâti); une belle femme, lingère à « l'enseigne des Deux-Anges, me faisoit de « grandes révérences et m'accompagnoit de la « vue tant qu'elle pouvoit; et comme j'eus pris « garde à son action, je la regardois aussi et la « saluois avec plus de soin.

« Il advint que lorsque j'arrivai de Fontaine-« bleau à Paris, passant sur le Petit-Pont, dès « qu'elle m'aperçut venir, elle se mit sur l'en-« trée de sa boutique et me dit, comme je pas-« sois : — Monsieur, je suis votre servante. — « Je lui rendis son salut, et me retournant de « temps en temps, je vis qu'elle me suivoit de « la vue aussi longtemps qu'elle pouvoit. »

Bassompierre obtient un rendez-vous : « Je « trouvai, » dit-il, « une très-belle femme, « âgée de vingt ans, qui étoit coiffée de nuit, « n'ayant qu'une très-fine chemise sur elle et « une petite jupe de revesche verte, et des « mules aux pieds, avec un peignoir sur elle. « Elle me plut bien fort. Je lui demandai si je ne « pourrois pas la voir encore une autre fois. « — Si vous voulez me voir une autre fois, me « répondit-elle, ce sera chez une de mes tantes, « qui se tient en la rue Bourg-l'Abbé, proche « des Halles, auprès de la rue aux Ours, à la « troisième porte du côté de la rue Saint-« Martin ; je vous y attendrai depuis dix heures

« jusques à minuit, et plus tard encore; je lais-
« serai la porte ouverte. A l'entrée, il y a une
« petite allée que vous passerez vite, car la
« porte de la chambre de ma tante y répond,
« et trouverez un degré qui vous mènera à ce
« second étage. — Je vins à dix heures, et trou-
« vai la porte qu'elle m'avoit marquée, et de la
« lumière bien grande, non-seulement au se-
« cond étage, mais au troisième et au premier
« encore; mais la porte étoit fermée. Je frap-
« pai pour avertir de ma venue; mais j'ouïs
« une voix d'homme qui me demanda qui j'é-
« tois. Je m'en retournai à la rue aux Ours, et
« étant retourné pour la deuxième fois, ayant
« trouvé la porte ouverte, j'entrai jusques au
« second étage, où je trouvai que cette lumière
« était la paille du lit que l'on y brûloit, et deux
« corps nus étendus sur la table de la chambre.
« Alors, je me retirai bien étonné, et en sor-
« tant je rencontrai des corbeaux (*enterreurs
« de morts*) qui me demandèrent ce que je
« cherchois; et moi, pour les faire écarter, mis

« l'épée à la main et passai outre, m'en reve-
« nant à mon logis, un peu ému de ce spectacle
« inopiné. »

Je suis allé, à mon tour, à la découverte, avec l'adresse donnée, il y a deux cent quarante ans, par Bassompierre. J'ai traversé le Petit-Pont, passé les Halles, et suivi la rue Saint-Denis jusqu'à la rue aux Ours, à main droite; la première rue à main gauche, aboutissant rue aux Ours, est la rue Bourg-l'Abbé. Son inscription, enfumée comme par le temps et un incendie, m'a donné bonne espérance. J'ai retrouvé la *troisième petite porte* du côté de la rue Saint-Martin, tant les renseignements de l'historien sont fidèles. Là, malheureusement, les deux siècles et demi que j'avais crus d'abord restés dans la rue, ont disparu. La façade de la maison est moderne; aucune clarté ne sortait ni du premier, ni du second, ni du troisième étage. Aux fenêtres de l'attique, sous le toit, régnait une guirlande de capucines et de pois de senteur; au rez-de-chaussée, une boutique de coiffeur offrait une multitude de tours de cheveux accrochés derrière les vitres.

Tout déconvenu, je suis entré dans ce musée des Eponine : depuis la conquête des Romains, les Gauloises ont toujours vendu leurs tresses blondes à des fronts moins parés ; mes compatriotes bretonnes se font tondre encore à certains jours de foire, et troquent le voile naturel de leur tête pour un mouchoir des Indes. M'adressant à un merlan, qui filait une perruque sur un peigne de fer : « Monsieur, « n'auriez-vous pas acheté les cheveux d'une « jeune lingère, qui demeurait à l'enseigne des « *Deux-Anges,* près du Petit-Pont ? » Il est resté sous le coup, ne pouvant dire ni oui, ni non. Je me suis retiré, avec mille excuses, à travers un labyrinthe de toupets.

J'ai ensuite erré de porte en porte : point de lingère de vingt ans, me faisant de *grandes révérences ;* point de jeune femme franche, désintéressée, passionnée, *coiffée de nuit, n'ayant qu'une très-fine chemise, une petite jupe de revesche verte, et des mules aux pieds, avec un peignoir sur elle.* Une vieille grognon, prête à rejoindre ses dents dans la tombe, m'a pensé battre avec sa béquille : c'était peut-être la tante du rendez-vous.

Quelle belle histoire, que cette histoire de Bassompierre ! Il faut comprendre une des raisons pour laquelle il avait été si résolument aimé. A cette époque, les Français se séparaient encore en deux classes distinctes, l'une dominante, l'autre demi-serve. La lingère pressait Bassompierre dans ses bras, comme un demi-dieu descendu au sein d'une esclave : il lui faisait l'illusion de la gloire, et les Françaises, seules de toutes les femmes, sont capables de s'enivrer de cette illusion.

Mais qui nous révélera les causes inconnues de la catastrophe ? Etait-ce la gentille grisette des *Deux-Anges,* dont le corps gisait sur la table avec un autre corps ? Quel était l'autre corps ? Celui du mari, ou de l'homme dont Bassompierre entendit la voix ? La peste (car il y avait peste à Paris) ou la jalousie étaient-elles accourues dans la rue Bourg-l'Abbé avant l'amour? L'imagination se peut exercer à l'aise sur un tel sujet. Mêlez aux inventions du poëte le chœur populaire, les fossoyeurs arrivant, les *corbeaux* et l'épée de Bassompierre, un superbe mélodrame sortira de l'aventure.

Vous admirerez aussi la chasteté et la retenue de ma jeunesse à Paris : dans cette capitale, il m'était loisible de me livrer à tous mes caprices, comme dans l'abbaye de Thélème où chacun agissait à sa volonté; je n'abusai pas néanmoins de mon indépendance : je n'avais de commerce qu'avec une courtisane âgée de deux cent seize ans, jadis éprise d'un maréchal de France, rival du Béarnais auprès de mademoiselle de Montmorency, et amant de mademoiselle d'Entragues, sœur de la marquise de Verneuil, qui parle si mal de Henri IV. Louis XVI, que j'allais voir, ne se doutait pas de mes rapports secrets avec sa famille.

—

Berlin, avril 1821.

Présentation à Versailles. — Chasse avec le roi.

Le jour fatal arriva ; il fallut partir pour Versailles plus mort que vif. Mon frère m'y conduisit la veille de ma présentation et me mena chez le maréchal de Duras, galant homme dont l'esprit était si commun qu'il réfléchissait quelque chose de bourgeois sur ses belles manières : ce bon maréchal me fit pourtant une peur horrible.

Le lendemain matin, je me rendis seul au château. On n'a rien vu quand on n'a pas vu la pompe de Versailles, même après le licenciement de l'ancienne maison du roi : Louis XIV était toujours là.

La chose alla bien tant que je n'eus qu'à traverser les salles des gardes : l'appareil militaire m'a toujours plu et ne m'a jamais imposé. Mais quand j'entrai dans l'OEil-de-bœuf et que je me trouvai au milieu des courtisans, alors commença ma détresse. On me regardait ; j'entendais demander qui j'étais. Il se faut souvenir de l'ancien prestige de la royauté, pour se pénétrer de l'importance dont était alors une présentation. Une destinée mystérieuse s'attachait au *débutant;* on lui épargnait l'air protecteur méprisant qui composait, avec l'extrême politesse, les manières inimitables du grand seigneur. Qui sait si ce débutant ne deviendra pas le favori du maître ? On respectait en lui la domesticité future dont il pouvait être honoré. Aujourd'hui, nous nous précipitons dans le palais avec encore plus d'empressement qu'autrefois et, ce qu'il y a d'étrange, sans illusion : un courtisan réduit à se nourrir de vérités est bien près de mourir de faim.

Lorsqu'on annonça le lever du roi, les personnes non présentées se retirèrent ; je sentis un mouvement de vanité : je n'étais pas fier de rester, j'aurais été humilié de sortir. La chambre à coucher du roi s'ouvrit : je vis le roi, selon l'usage, achever sa toilette, c'est-à-dire prendre son chapeau de la main du premier gentilhomme de service. Le roi s'avança allant à la messe ; je m'inclinai ; le maréchal de Duras me nomma : « Sire, le chevalier de Chateaubriand. » Le roi me regarda, me rendit mon salut, hésita, eut l'air de vouloir s'arrêter pour m'adresser la parole. J'aurais répondu d'une contenance assurée : ma timidité s'était évanouie. Parler au général de l'armée, au chef de l'Etat, me paraissait tout simple, sans que je me rendisse compte de ce que j'éprouvais. Le roi plus embarrassé que moi, ne trouvant rien à me dire, passa outre. Vanité des destinées humaines! ce souverain que je voyais pour la première fois, ce monarque si puissant était Louis XVI à six ans de son échafaud! Et ce nouveau courtisan qu'il regardait à peine, chargé de démêler les ossements parmi des ossements, après avoir été sur preuves de noblesse présenté aux grandeurs du fils de saint Louis, le serait un jour à sa poussière sur preuves de fidélité! double tribut de respect à la double royauté du sceptre et de la palme! Louis XVI pouvait répondre à ses juges comme le Christ aux Juifs : « Je vous ai fait voir beaucoup de bonnes œuvres ; pour laquelle me lapidez-vous ? »

Nous courûmes à la galerie pour nous trouver sur le passage de la reine lorsqu'elle reviendrait de la chapelle. Elle se montra bientôt entourée d'un radieux et nombreux cortége ; elle nous fit une noble révérence ; elle semblait enchantée de la vie. Et ces belles mains qui soutenaient alors avec tant de grâce le sceptre de tant de rois, devaient, avant d'être liées par le bourreau, ravauder les haillons de la veuve, prisonnière à la Conciergerie !

Si mon frère avait obtenu de moi un sacrifice, il ne dépendait pas de lui de me le faire pousser plus loin. Vainement il me supplia de rester à Versailles, afin d'assister le soir au jeu de la Reine : « Tu seras, me disait-il, nommé à « la Reine, et le Roi te parlera. » Il ne me pouvait pas donner de meilleures raisons pour m'enfuir. Je me hâtai de venir cacher ma gloire dans mon hôtel garni, heureux d'être échappé à la Cour, mais voyant encore devant moi la terrible journée des carrosses, du 19 février 1787.

Le duc de Coigny me fit prévenir que je chasserais avec le Roi dans la forêt de Saint-Germain. Je m'acheminai de grand matin vers mon supplice, en uniforme de *débutant,* habit gris, veste et culotte rouges, manchettes de bottes,

bottes à l'écuyère, couteau de chasse au côté, petit chapeau français à galon d'or. Nous nous trouvâmes quatre *débutants* au château de Versailles, moi, les deux messieurs de Saint-Marsault et le comte d'Hautefeuille[1]. Le duc de Coigny nous donna nos instructions : il nous avisa de ne pas couper la chasse, le Roi s'emportant lorsqu'on passait entre lui et la bête. Le duc de Coigny portait un nom fatal à la Reine. Le rendez-vous était au Val, dans la forêt de Saint-Germain, domaine engagé par la couronne au maréchal de Beauveau. L'usage voulait que les chevaux de la première chasse à laquelle assistaient les hommes présentés, fussent fournis des écuries du Roi[2].

[1] J'ai retrouvé M. le comte d'Hautefeuille : il s'occupe de la traduction de morceaux choisis de Byron; madame la comtesse d'Hautefeuille est l'auteur, plein de talent, de l'*Ame exilée*, etc., etc.

[2] Dans la *Gazette de France* du mardi 27 février 1787, on lit ce qui suit : « Le comte Charles d'Hautefeuille, le baron de « Saint-Marsault, le baron de Saint-Marsault-Chatelaillon et le « chevalier de Chateaubriand, qui précédemment avaient eu « l'honneur d'être présentés au Roi, ont eu, le 19, celui de « monter dans les voitures de Sa Majesté, et de la suivre à la « chasse. »

On bat aux champs : mouvement d'armes, voix de commandement. On crie : *le Roi!* Le Roi sort, monte dans son carrosse : nous roulons dans les carrosses à la suite. Il y avait loin de cette course et de cette chasse avec le roi de France, à mes courses et à mes chasses dans les landes de la Bretagne ; et plus loin encore, à mes courses et à mes chasses avec les sauvages de l'Amérique : ma vie devait être remplie de ces contrastes.

Nous arrivâmes au point de ralliement, où de nombreux chevaux de selle, tenus en main sous les arbres, témoignaient leur impatience. Les carrosses arrêtés dans la forêt avec les gardes ; les groupes d'hommes et de femmes ; les meutes à peine contenues par les piqueurs ; les aboiements des chiens, le hennissement des chevaux, le bruit des cors, formaient une scène très animée. Les chasses de nos rois rappelaient à la fois les anciennes et les nouvelles mœurs de la monarchie, les rudes passetemps de Clodion, de Chilpéric, de Dagobert, la galanterie de François Ier, de Henri IV et de Louis XIV.

J'étais trop plein de mes lectures pour ne pas voir partout des comtesses de Chateaubriand, des duchesses d'Etampes, des Gabrielle d'Estrées, des La Vallière, des Montespan. Mon imagination prit cette chasse historiquement, et je me sentis à l'aise : j'étais d'ailleurs dans une forêt, j'étais chez moi.

Au descendu des carrosses, je présentai mon billet aux piqueurs. On m'avait destiné une jument appelée *l'Heureuse,* bête légère, mais sans bouche, ombrageuse et pleine de caprices ; assez vive image de ma fortune, qui chauvit sans cesse des oreilles. Le Roi mis en selle partit ; la chasse le suivit, prenant diverses routes. Je restai derrière à me débattre avec *l'Heureuse,* qui ne voulait pas se laisser enfourcher par son nouveau maître ; je finis cependant par m'élancer sur son dos : la chasse était déjà loin.

Je maîtrisai d'abord assez bien *l'Heureuse ;*

forcée de raccourcir son galop, elle baissait le cou, secouait le mors blanchi d'écume, s'avançait de travers à petits bonds; mais lorsqu'elle approcha du lieu de l'action, il n'y eut plus moyen de la retenir. Elle allonge le chanfrein, m'abat la main sur le garrot, vient au grand galop donner dans une troupe de chasseurs, écartant tout sur son passage, ne s'arrêtant qu'au heurt du cheval d'une femme qu'elle faillit culbuter, au milieu des éclats de rire des uns, des cris de frayeur des autres. Je fais aujourd'hui d'inutiles efforts pour me rappeler le nom de cette femme, qui reçut poliment mes excuses. Il ne fut plus question que de l'*aventure* du débutant.

Je n'étais pas au bout de mes épreuves. Environ une demi-heure après ma déconvenue, je chevauchais dans une longue percée à travers des parties de bois désertes; un pavillon s'élevait au bout : voilà que je me mis à songer à ces palais répandus dans les forêts de la couronne, en souvenir de l'origine des rois chevelus et de leurs mystérieux plaisirs : un coup de fusil part ; l'*Heureuse* tourne court, brosse tête baissée dans le fourré, et me porte juste à l'endroit où le chevreuil venait d'être abattu : le Roi paraît.

Je me souvins alors, mais trop tard, des injonctions du duc de Coigny : la maudite *Heureuse* avait tout fait. Je saute à terre, d'une main poussant en arrière ma cavale, de l'autre tenant mon chapeau bas. Le Roi regarde, et ne voit qu'un débutant arrivé avant lui aux fins de la bête ; il avait besoin de parler ; au lieu de s'emporter, il me dit avec un ton de bonhomie et un gros rire : « Il n'a pas tenu longtemps. » C'est le seul mot que j'aie jamais obtenu de Louis XVI. On vint de toutes parts ; on fut étonné de me trouver *causant* avec le Roi. Le débutant Chateaubriand fit du bruit par ses deux *aventures ;* mais, comme il lui est toujours arrivé depuis, il ne sut profiter ni de la bonne ni de la mauvaise fortune.

Le Roi força trois autres chevreuils. Les débutants ne pouvant courre que la première bête, j'allai attendre au Val avec mes compagnons le retour de la chasse.

Le Roi revint au Val ; il était gai et contait les accidents de la chasse. On reprit le chemin de Versailles. Nouveau désappointement pour mon frère : au lieu d'aller m'habiller pour me trouver au débotté, moment de triomphe et de faveur, je me jetai au fond de ma voiture et rentrai dans Paris plein de joie d'être délivré de mes honneurs et de mes maux. Je déclarai à mon frère que j'étais déterminé à retourner en Bretagne.

Content d'avoir fait connaître son nom, espérant amener un jour à maturité, par sa présentation, ce qu'il y avait d'avorté dans la mienne, il ne s'opposa pas au départ d'un frère d'un esprit aussi biscornu [1].

[1] Le *Mémorial historique de la Noblesse* a publié un document inédit annoté de la main du roi, tiré des Archives du royaume, section historique, registre M 813 et carton M 814 ; il contient *les Entrées*. On y voit mon nom et celui de mon frère : il prouve que ma mémoire m'avait bien servi pour les dates. (Note de Paris, 1840.)

Telle fut ma première vue de la ville et de la cour. La société me parut plus odieuse encore que je ne l'avais imaginé; mais si elle m'effraya, elle ne me découragea pas; je sentis confusément que j'étais supérieur à ce que j'avais aperçu. Je pris pour la cour un dégoût invincible; ce dégoût, ou plutôt ce mépris que je n'ai pu cacher, m'empêchera de réussir, ou me fera tomber du plus haut point de ma carrière.

Au reste, si je jugeais le monde sans le connaître, le monde, à son tour, m'ignorait. Personne ne devina à mon début ce que je pouvais valoir, et quand je revins à Paris, on ne le devina pas davantage. Depuis ma triste célébrité, beaucoup de personnes m'ont dit : « Comme « nous vous eussions remarqué, si nous vous « avions rencontré dans votre jeunesse ! » Cette obligeante prétention n'est que l'illusion d'une renommée déjà faite. Les hommes se ressemblent à l'extérieur : en vain Rousseau nous dit qu'il possédait deux petits yeux tout charmants :

il n'en est pas moins certain, témoin ses portraits, qu'il avait l'air d'un maître d'école ou d'un cordonnier grognon.

Pour en finir avec la cour, je dirai qu'après avoir revu la Bretagne et m'être venu fixer à Paris avec mes sœurs cadettes, Lucile et Julie, je m'enfonçai plus que jamais dans mes habitudes solitaires. On me demandera ce que devint l'histoire de ma présentation. Elle resta là. — Vous ne chassâtes donc plus avec le Roi? — Pas plus qu'avec l'empereur de la Chine. — Vous ne retournâtes donc plus à Versailles ? — J'allai deux fois jusqu'à Sèvres ; le cœur me faillit, et je revins à Paris. — Vous ne tirâtes donc aucun parti de votre position ? — Aucun. — Que faisiez-vous donc ? — Je m'ennuyais. — Ainsi, vous ne vous sentiez aucune ambition ? — Si fait : à force d'intrigues et de soucis, j'arrivai à la gloire d'insérer dans l'*Almanach des Muses* une idylle dont l'apparition me pensa tuer d'espérance et de crainte. J'aurais donné tous les carrosses du Roi pour avoir composé la romance : *O ma tendre musette !* ou : *De mon berger volage.*

Propre à tout pour les autres, bon à rien pour moi : me voilà.

Paris, juin 1821.

Passage en Bretagne. — Garnison de Dieppe. — Retour à Paris avec Lucile et Julie.

Tout ce qu'on vient de lire dans le livre précédent a été écrit à Berlin. Je suis revenu à Paris pour le baptême du duc de Bordeaux, et j'ai donné la démission de mon ambassade par fidélité politique à M. de Villèle sorti du ministère. Rendu à mes loisirs, écrivons. A mesure que ces *Mémoires* se remplissent de mes années écoulées, ils me représentent le globe inférieur d'un sablier constatant ce qu'il y a de poussière tombée de ma vie : quand tout le sable sera passé, je ne retournerais pas mon horloge de verre, Dieu m'en eût-il donné la puissance.

La nouvelle solitude dans laquelle j'entrai en Bretagne, après ma présentation, n'était plus celle de Combourg; elle n'était ni aussi entière, ni aussi sérieuse, et pour tout dire, ni aussi forcée : il m'était loisible de la quitter; elle perdait de sa valeur. Une vieille châtelaine armoriée, un vieux baron blasonné gardant dans un manoir féodal leur dernière fille et leur dernier fils, offraient ce que les Anglais appellent des *caractères* : rien de provincial, de rétréci dans cette vie, parce qu'elle n'était pas la vie commune.

Chez mes sœurs, la province se retrouvait au milieu des champs : on allait dansant de voisins en voisins, jouant la comédie dont j'étais quelquefois un mauvais acteur. L'hiver, il fallait subir à Fougères la société d'une petite ville, les bals, les assemblées, les dîners, et je ne pouvais pas, comme à Paris, être oublié.

D'un autre côté, je n'avais pas vu l'armée, la cour, sans qu'un changement se fût opéré dans mes idées : en dépit de mes goûts naturels, je ne sais quoi se débattant en moi contre l'obscurité me demandait de sortir de l'ombre. Julie avait la province en détestation; l'instinct du génie et de la beauté poussait Lucile sur un plus grand théâtre.

Je sentais donc dans mon existence un malaise par qui j'étais averti que cette existence n'était pas ma destinée.

Cependant, j'aimais toujours la campagne, et celle de Marigny était charmante [1]. Mon régiment avait changé de résidence : le premier bataillon tenait garnison au Hâvre, le second à

[1] Marigny a beaucoup changé depuis l'époque où ma sœur l'habitait. Il a été vendu, et appartient aujourd'hui à MM. de Pommereul, qui l'ont fait rebâtir et l'ont fort embelli.

Dieppe; je rejoignis celui-ci : ma présentation faisait de moi un personnage. Je pris goût à mon métier; je travaillais à la manœuvre; on me confia des recrues que j'exerçais sur les galets au bord de la mer : cette mer a formé le fond du tableau dans presque toutes les scènes de ma vie.

La Martinière ne s'occupait à Dieppe ni de son homonyme *Lamartinière,* ni du P. Simon, lequel écrivait contre Bossuet, Port-Royal et les Bénédictins, ni de l'anatomiste Pecquet, que madame de Sévigné appelle le petit Pecquet; mais La Martinière était amoureux à Dieppe comme à Cambrai : il dépérissait aux pieds d'une forte Cauchoise, dont la coiffe et le toupet avaient une demi-toise de haut. Elle n'était pas jeune : par un singulier hasard, elle s'appelait Cauchie, petite-fille apparemment de cette Dieppoise, Anne Cauchie, qui en 1645 était âgée de cent cinquante ans.

C'était en 1647 qu'Anne d'Autriche, voyant comme moi la mer par les fenêtres de sa chambre, s'amusait à regarder les brûlots se consumer pour la divertir. Elle laissait les peuples qui avaient été fidèles à Henri IV garder le jeune Louis XIV; elle donnait à ces peuples des bénédictions infinies, *malgré leur vilain langage normand.*

On retrouvait à Dieppe quelques redevances féodales que j'avais vu payer à Combourg : il était dû au bourgeois Vauquelin trois têtes de porc ayant chacune une orange entre les dents, et trois sous marqués de la plus ancienne monnaie connue.

Je revins passer un semestre à Fougères. Là régnait une fille noble, appelée mademoiselle de La Belinaye, tante de cette comtesse de Tronjoli, dont j'ai déjà parlé. Une agréable laide, sœur d'un officier au régiment de Condé, attira mes admirations : je n'aurais pas été assez téméraire pour élever mes vœux jusqu'à la beauté; ce n'est qu'à la faveur des imperfections d'une femme que j'osais risquer un respectueux hommage.

Madame de Farcy, toujours souffrante, prit enfin la résolution d'abandonner la Bretagne. Elle détermina Lucile à la suivre ; Lucile, à son tour, vainquit mes répugnances : nous prîmes la route de Paris ; douce association des trois plus jeunes oiseaux de la couvée.

Mon frère était marié ; il demeurait chez son beau-père, le président de Rosambo, rue de Bondy. Nous convînmes de nous placer dans son voisinage : par l'entremise de M. Delisle de Sales, logé dans les pavillons de Saint-Lazare, au haut du faubourg Saint-Denis, nous arrêtâmes un appartement dans ces mêmes pavillons.

Paris, juin 1821.

Delisle de Sales. — Flins. — Vie d'un homme de lettres.

Madame de Farcy s'était accointée, je ne sais comment, avec Delisle de Sales, lequel avait été mis jadis à Vincennes pour des niaiseries philosophiques. A cette époque, on devenait un personnage quand on avait barbouillé quelques lignes de prose ou inséré un quatrain dans l'*Almanach des Muses*. Delisle de Sales, très-brave homme, très-cordialement médiocre, avait un grand relâchement d'esprit, et laissait aller sous lui ses années; ce vieillard s'était composé une belle bibliothèque avec ses ouvrages, qu'il brocantait à l'étranger et que personne ne lisait à Paris. Chaque année, au printemps, il faisait ses remontes d'idées en Allemagne. Gras et débraillé, il portait un rouleau de papier crasseux que l'on voyait sortir de sa poche; il y consignait au coin des rues sa pensée du moment. Sur le piédestal de son buste en marbre, il avait tracé de sa main cette inscription, empruntée au buste de Buffon: *Dieu, l'homme, la nature, il a tout expliqué.* Delisle de Sales tout expliqué! Ces orgueils sont bien plaisants, mais bien décourageants. Qui se peut flatter d'avoir un talent véritable? ne pouvons-nous pas être, tous tant que nous sommes, sous l'empire d'une illusion semblable à celle de Delisle de Sales? Je parierais que tel auteur qui lit cette phrase, se croit un écrivain de génie, et n'est pourtant qu'un sot.

Si je me suis trop longuement étendu sur le compte du digne homme des pavillons de Saint-Lazare, c'est qu'il fut le premier littérateur que je rencontrai : il m'introduisit dans la société des autres.

La présence de mes deux sœurs me rendit le séjour de Paris moins insupportable; mon penchant pour l'étude affaiblit encore mes dégoûts. Delisle de Sales me semblait un aigle. Je vis chez lui Carbon Flins des Oliviers, qui tomba amoureux de madame de Farcy. Elle s'en moquait; il prenait bien la chose, car il se piquait d'être de bonne compagnie. Flins me fit connaître Fontanes, son ami, qui est devenu le mien.

Fils d'un maître des eaux et forêts de Reims, Flins avait reçu une éducation négligée; au demeurant, homme d'esprit et parfois de talent. On ne pouvait voir quelque chose de plus laid : court et bouffi, de gros yeux saillants, des cheveux hérissés, des dents sales, et malgré cela l'air pas trop ignoble. Son genre de vie, qui était celui de presque tous les gens de lettres de Paris à cette époque, mérite d'être raconté.

Flins occupait un appartement rue Mazarine, assez près de Laharpe, qui demeurait rue Guénégaud. Deux Savoyards, travestis en laquais par la vertu d'une casaque de livrée, le servaient; le soir, ils le suivaient, et introduisaient les visites chez lui le matin. Flins allait régulièrement au Théâtre-Français, alors placé à l'Odéon, et excellent surtout dans la comédie. Brizard venait à peine de finir; Talma commençait; Larive, Saint-Phal, Fleury, Molé, Dazincourt, Dugazon, Grandmesnil, mesdames Contat, Saint-Val, Desgarcins, Olivier étaient dans toute la force du talent, en attendant mademoiselle Mars, fille de Monvel, prête à débuter au théâtre Montansier. Les actrices protégeaient les auteurs et devenaient quelquefois l'occasion de leur fortune.

Flins, qui n'avait qu'une petite pension de

sa famille, vivait de crédit. Vers les vacances du Parlement, il mettait en gage les livrées de ses Savoyards, ses deux montres, ses bagues et son linge, payait avec le prêt ce qu'il devait, partait pour Reims, y passait trois mois, revenait à Paris, retirait, au moyen de l'argent que lui donnait son père, ce qu'il avait déposé au Mont-de-Piété, et recommençait le cercle de cette vie, toujours gai et bien reçu.

Paris, juin 1821.

Gens de lettres. — Portraits.

Dans le cours des deux années qui s'écoulèrent depuis mon établissement à Paris jusqu'à l'ouverture des Etats-Généraux, cette société s'élargit. Je savais par cœur les élégies du chevalier de Parny, et je les sais encore. Je lui écrivis pour lui demander la permission de voir un poëte dont les ouvrages faisaient mes délices ; il me répondit poliment : je me rendis chez lui rue de Cléry.

Je trouvai un homme assez jeune encore, de très-bon ton, grand, maigre, le visage marqué de petite-vérole. Il me rendit ma visite ; je le présentai à mes sœurs. Il aimait peu la société et il en fut bientôt chassé par la politique : il était alors du vieux parti. Je n'ai point connu d'écrivain qui fût plus semblable à ses ouvrages : poëte et créole, il ne lui fallait que le ciel de l'Inde, une fontaine, un palmier et une femme. Il redoutait le bruit, cherchait à glisser dans la vie sans être aperçu, sacrifiait tout à sa paresse, et n'était trahi dans son obscurité, que par ses plaisirs qui touchaient en passant sa lyre :

Que notre vie heureuse et fortunée
Coule, en secret, sous l'aile des amours,
Comme un ruisseau qui, murmurant à peine,
Et dans son lit resserrant tous ses flots,
Cherche avec soin l'ombre des arbrisseaux,
Et n'ose pas se montrer dans la plaine.

C'est cette impossibilité de se soustraire à son indolence qui, de furieux aristocrate, rendit le chevalier de Parny misérable révolutionnaire, attaquant la religion persécutée et les prêtres à l'échafaud, achetant son repos à tout prix, et prêtant à la muse qui chanta Eléonore le langage de ces lieux où Camille Desmoulins allait marchander ses amours.

L'auteur de l'*Histoire de la littérature italienne,* qui s'insinua dans la révolution à la suite de Chamfort, nous arriva par ce cousinage que tous les Bretons ont entre eux. Ginguené vivait dans le monde sur la réputation d'une pièce de vers assez gracieuse, *la Confession de Zulmé,* qui lui valut une chétive place dans les bureaux de M. de Necker ; de là sa pièce sur son entrée au contrôle-général. Je ne sais qui disputait à Ginguené son titre de gloire, *la Confession de Zulmé ;* mais dans le fait il lui appartenait.

Le poëte rennais savait bien la musique et composait des romances. D'humble qu'il était, nous vîmes croître son orgueil, à mesure qu'il s'accrochait à quelqu'un de connu. Vers le temps de la convocation des Etats-Généraux, Chamfort l'employa à barbouiller des articles pour des journaux et des discours pour des clubs : il se fit superbe. A la première fédération il disait : « Voilà une belle fête ! on devrait « pour mieux l'éclairer brûler quatre aristo-« crates aux quatre coins de l'autel. » Il n'avait pas l'initiative de ces vœux ; longtemps avant lui, le ligueur Louis Dorléans avait écrit dans son *Banquet du comte d'Arête:* « qu'il fallait at-« tacher en guise de fagots les ministres protes-« tants à l'arbre du feu de Saint-Jean et mettre « le roi Henry IV dans le muids où l'on mettait « les chats. »

Ginguené eut une connaissance anticipée des meurtres révolutionnaires. Madame Ginguené prévint mes sœurs et ma femme du massacre qui devait avoir lieu aux Carmes, et leur donna asile : elles demeuraient *cul-de-sac Férou,* dans le voisinage du lieu où l'on devait égorger.

Après la terreur, Ginguené devint quasi chef de l'instruction publique; ce fut alors qu'il chanta *l'Arbre de la liberté* au Cadran-Bleu, sur l'air : *Je l'ai planté, je l'ai vu naître*. On le jugea assez béat de philosophie pour une ambassade auprès d'un de ces rois qu'on découronnait. Il écrivait de Turin à M. de Talleyrand, qu'il avait *vaincu un préjugé* : il avait fait recevoir sa femme *en pet-en-l'air* à la cour. Tombé de la médiocrité dans l'importance, de l'importance dans la niaiserie, et de la niaiserie dans le ridicule, il a fini ses jours littérateur distingué comme critique, et, ce qu'il y a de mieux, écrivain indépendant dans la *Décade* : la nature l'avait remis à la place d'où la société l'avait mal-à-propos tiré. Son savoir est de seconde main, sa prose lourde, sa poésie correcte et quelquefois agréable.

Ginguené avait un ami, le poëte Lebrun. Ginguené protégeait Lebrun, comme un homme de talent, qui connaît le monde, protège la simplicité d'un homme de génie; Lebrun, à son tour, répandait ses rayons sur les hauteurs de Ginguené. Rien n'était plus comique que le rôle de ces deux compères, se rendant, par un doux commerce, tous les services que se peuvent rendre deux hommes supérieurs dans des genres divers.

Lebrun était tout bonnement un faux monsieur de l'Empirée ; sa verve était aussi froide que ses transports étaient glacés. Son Parnasse, chambre haute dans la rue Montmartre, offrait pour tout meuble des livres entassés pêle-mêle sur le plancher, un lit de sangle dont les rideaux, formés de deux serviettes sales, pendillaient sur une tringle de fer rouillé, et la moitié d'un pot à l'eau accotée contre un fauteuil dépaillé. Ce n'est pas que Lebrun ne fût à son aise, mais il était avare et adonné à des femmes de mauvaise vie.

Au souper *antique* de M. de Vaudreuil, il joua le personnage de Pindare. Parmi ses poésies lyriques, on trouve des strophes énergiques ou élégantes, comme dans l'ode sur le vaisseau *le Vengeur* et dans l'ode sur *les Environs de Paris*. Ses élégies sortent de sa tête, rarement de son âme; il a l'originalité recherchée, non l'originalité naturelle; il ne crée rien qu'à force d'art; il se fatigue à pervertir le sens des mots et à les conjoindre par des alliances monstrueuses. Lebrun n'avait de vrai talent que pour la satire; son épître sur *la bonne et la mauvaise plaisanterie* a joui d'un renom mérité. Quelques-unes de ses épigrammes sont à mettre auprès de celles de J.-B. Rousseau : Laharpe surtout l'inspirait. Il faut encore lui rendre une autre justice; il fut indépendant sous Bonaparte, et il reste de lui, contre l'oppresseur de nos libertés, des vers sanglants.

Mais, sans contredit, le plus bilieux des gens de lettres que je connus à Paris à cette époque était Chamfort; atteint de la maladie qui a fait les Jacobins, il ne pouvait pardonner aux hommes le hasard de sa naissance. Il trahissait la confiance des maisons où il était admis; il prenait le cynisme de son langage pour la peinture des mœurs de la cour. On ne pouvait lui contester de l'esprit et du talent, mais de cet esprit et de ce talent qui n'atteignent point la postérité. Quand il vit que sous la Révolution il n'arrivait à rien, il tourna contre lui-même les mains qu'il avait levées sur la société. Le bonnet rouge ne parut plus à son orgueil qu'une autre espèce de couronne, le sans-culottisme qu'une sorte de noblesse, dont les Marat et les Robespierre étaient les grands seigneurs. Furieux de retrouver l'inégalité des rangs jusque dans le monde des douleurs et des larmes, condamné à n'être encore qu'un *vilain* dans la féodalité des bourreaux, il se voulut tuer pour échapper aux supériorités du crime ; il se manqua : la mort se rit de ceux qui l'appellent et qui la confondent avec le néant.

Je n'ai connu l'abbé Delille qu'en 1798 à Londres, et n'ai vu ni Rulhière, qui vit par madame d'Egmont et qui la fait vivre, ni Palissot, ni Beaumarchais, ni Marmontel. Il en est ainsi de Chénier que je n'ai jamais rencontré, qui m'a beaucoup attaqué, auquel je n'ai jamais répondu, et dont la place à l'Institut devait produire une des crises de ma vie.

Lorsque je relis la plupart des écrivains du dix-huitième siècle, je suis confondu, et du bruit qu'ils ont fait et de mes anciennes admirations. Soit que la langue ait avancé, soit qu'elle ait rétrogradé, soit que nous ayons marché vers la civilisation, ou battu en retraite vers la barbarie, il est certain que je trouve quelque chose d'usé, de passé, de grisaillé, d'inanimé, de froid dans les auteurs qui firent les délices de ma jeunesse. Je trouve même dans les plus grands écrivains de l'âge voltairien des choses pauvres de sentiment, de pensée et de style.

A qui m'en prendre de mon mécompte? J'ai peur d'avoir été le premier coupable; novateur né, j'aurai peut-être communiqué aux générations nouvelles la maladie dont j'étais atteint. Epouvanté, j'ai beau crier à mes enfants : « N'oubliez pas le français »! Ils me répondent comme le Limousin à Pantagruel : « Qu'ils « viennent de l'alme, inclyte et célèbre aca- « démie que l'on vocite Lutèce. »

Cette manière de gréciser et de latiniser notre langue n'est pas nouvelle, comme on le voit : Rabelais la guérit, elle reparut dans Ronsard; Boileau l'attaqua. De nos jours elle a ressuscité par la science; nos révolutionnaires, grands Grecs par nature, ont obligé nos marchands et nos paysans à apprendre les hectares, les hectolitres, les kilomètres, les millimètres, les décagrammes : la politique a *ronsardisé.*

J'aurais pu parler ici de M. de Laharpe, que je connus alors et sur lequel je reviendrai; j'aurais pu ajouter à la galerie de mes portraits celui de Fontanes; mais bien que mes relations avec cet excellent homme prissent naissance en 1789, ce ne fut qu'en Angleterre que je me liai avec lui d'une amitié toujours accrue par la mauvaise fortune, jamais diminuée par la bonne; je vous en entretiendrai plus tard dans toute l'effusion de mon cœur. Je n'aurai à peindre que des talents qui ne consolent plus la terre. La mort de mon ami est survenue au moment où mes souvenirs me conduisaient à retracer le commencement de sa vie. Notre existence est d'une telle fuite, que si nous n'écrivons pas le soir l'événement du matin, le travail nous encombre et nous n'avons plus le temps de le mettre à jour. Cela ne nous empêche pas de gaspiller nos années, de jeter au vent ces heures qui sont pour l'homme les semences de l'éternité.

Paris, juin 1821.

Famille Rosambo. — M. de Malesherbes : sa prédilection pour Lucile. — Apparition et changement de ma sylphide.

Si mon inclination et celle de mes deux sœurs m'avaient jeté dans cette société littéraire, notre position nous forçait d'en fréquenter une autre; la famille de la femme de mon frère fut naturellement pour nous le centre de cette dernière société.

Le président Le Pelletier de Rosambo, mort depuis avec tant de courage, était, quand j'arrivai à Paris, un modèle de légèreté. A cette époque, tout était dérangé dans les esprits et dans les mœurs, symptôme d'une révolution prochaine. Les magistrats rougissaient de porter la robe et tournaient en moquerie la gravité de leurs pères. Les Lamoignon, les Molé, les Séguier, les d'Aguesseau voulaient combattre et ne voulaient plus juger. Les présidentes, cessant d'être de vénérables mères de famille, sortaient de leurs sombres hôtels pour devenir femmes à brillantes aventures. Le prêtre, en chaire, évitait le nom de Jésus-Christ et ne parlait que du *législateur des chrétiens;* les ministres tombaient les uns sur les autres; le pouvoir glissait de toutes les mains. Le suprême bon ton était d'être Américain à la ville, Anglais à la cour, Prussien à l'armée; d'être tout, excepté Français. Ce que l'on faisait, ce que l'on disait, n'était qu'une suite d'inconséquences. On prétendait garder des abbés commandataires, et l'on ne voulait point de religion ; nul ne pouvait être officier s'il n'était gentilhomme, et l'on déblatérait contre la noblesse ; on introduisait l'égalité dans les salons et les coups de bâton dans les camps.

M. de Malesherbes avait trois filles, mesdames de Rosambo, d'Aulnay, de Montboissier : il aimait de préférence madame de Rosambo, à cause de la ressemblance de ses opinions avec les siennes. Le président de Rosambo avait également trois filles, mesdames de Chateaubriand, d Aulnay, de Tocqueville, et un fils dont l'esprit brillant s'est recouvert de la perfection chrétienne. M. de Malesherbes se plaisait au milieu de ses enfants, petits-enfants et arrière-petits-enfants. Mainte fois, au commencement de la Révolution, je l'ai vu arriver chez madame de Rosambo, tout échauffé de politique, jeter sa perruque, se coucher sur le tapis de la chambre de ma belle-sœur, et se laisser lutiner avec un tapage affreux par les enfants ameutés. C'aurait été du reste un homme assez vulgaire dans ses manières, s'il n'eût eu certaine brusquerie qui le sauvait de l'air commun : à la première phrase qui sortait de sa bouche, on sentait l'homme d'un vieux nom et le magistrat supérieur. Ses vertus naturelles s'étaient un peu entachées d'affectation par la philosophie qu'il y mêlait. Il était plein de science, de probité et de courage ; mais bouillant, passionné au point qu'il me disait un jour en parlant de Condorcet : « Cet homme a été mon ami ; aujourd'hui, je « ne me ferais aucun scrupule de le tuer « comme un chien. » Les flots de la Révolution le débordèrent, et sa mort a fait sa gloire. Ce grand homme serait demeuré caché dans ses mérites, si le malheur ne l'eût décelé à la terre. Un noble Vénitien perdit la vie, en retrouvant ses titres dans l'éboulement d'un vieux palais.

Les franches façons de M. de Malesherbes m'ôtèrent toute contrainte. Il me trouva quelque instruction; nous nous touchâmes par ce premier point : nous parlions de botanique et de géographie, sujets favoris de ses conversations. C'est en m'entretenant avec lui que je conçus l'idée de faire un voyage dans l'Amérique du Nord, pour découvrir la mer vue par Hearne et depuis par Mackenzie [1]. Nous nous entendions aussi en politique : les sentiments généreux du fond de nos premiers troubles allaient à l'indépendance de mon caractère; l'antipathie naturelle que je ressentais pour la cour ajoutait force à ce penchant. J'étais du côté de M. de Malesherbes et de madame de Rosambo, contre M. de Rosambo et contre mon frère, à qui l'on donna le surnom de *l'enragé* Chateaubriand. La Révolution m'aurait entraîné, si elle n'eût débuté par des crimes : je vis la première tête portée au bout d'une pique, et je reculai. Jamais le meurtre ne sera à mes yeux un objet d'admiration et un argument de liberté; je ne

[1] Dans ces dernières années, naviguée par le capitaine Franklin et le capitaine Parry. (Note de Genève, 1831.)

connais rien de plus servile, de plus méprisable, de plus lâche, de plus borné qu'un terroriste. N'ai-je pas rencontré en France toute cette race de Brutus au service de César et de sa police? Les niveleurs, régénérateurs, égorgeurs, étaient transformés en valets, espions, sycophantes, et moins naturellement encore en ducs, comtes et barons : quel moyen âge!

Enfin, ce qui m'attacha davantage à l'illustre vieillard, ce fut sa prédilection pour ma sœur : malgré la timidité de la comtesse Lucile, on parvint, à l'aide d'un peu de vin de Champagne, à lui faire jouer un rôle dans une petite pièce, à l'occasion de la fête de M. de Malesherbes; elle se montra si touchante que le bon et grand homme en avait la tête tournée. Il poussait plus que mon frère même à sa translation du chapitre d'Argentière à celui de Remiremont, où l'on exigeait les preuves rigoureuses et difficiles *des seize quartiers*. Tout philosophe qu'il était, M. de Malesherbes avait à un haut degré les principes de la naissance.

Il faut étendre dans l'espace d'environ deux années cette peinture des hommes et de la société à mon apparition dans le monde, entre la clôture de la première assemblée des Notables, le 25 mai 1787, et l'ouverture des États-Généraux, le 5 mai 1789. Pendant ces deux années, mes sœurs et moi, nous n'habitâmes constamment ni Paris, ni le même lieu dans Paris. Je vais maintenant rétrograder et ramener mes lecteurs en Bretagne.

Du reste, j'étais toujours affolé de mes illusions; si mes bois me manquaient, les temps passés, au défaut des lieux lointains, m'avaient ouvert une autre solitude. Dans le vieux Paris, dans les enceintes de Saint-Germain-des-Prés, dans les cloîtres des couvents, dans les caveaux de Saint-Denis, dans la Sainte-Chapelle, dans Notre-Dame, dans les petites rues de la Cité, à la porte obscure d'Héloïse, je revoyais mon enchanteresse; mais elle avait pris, sous les arches gothiques et parmi les tombeaux, quelque chose de la mort:

elle était pâle, elle me regardait avec des yeux tristes; ce n'était plus que l'ombre ou les mânes du rêve que j'avais aimé.

FIN DU TOME PREMIER.

TABLE.

FIN DE LA TABLE DU PREMIER VOLUME.

Paris. — Typographie de E. et V. PENAUD frères,
10, rue du Faubourg-Montmartre.

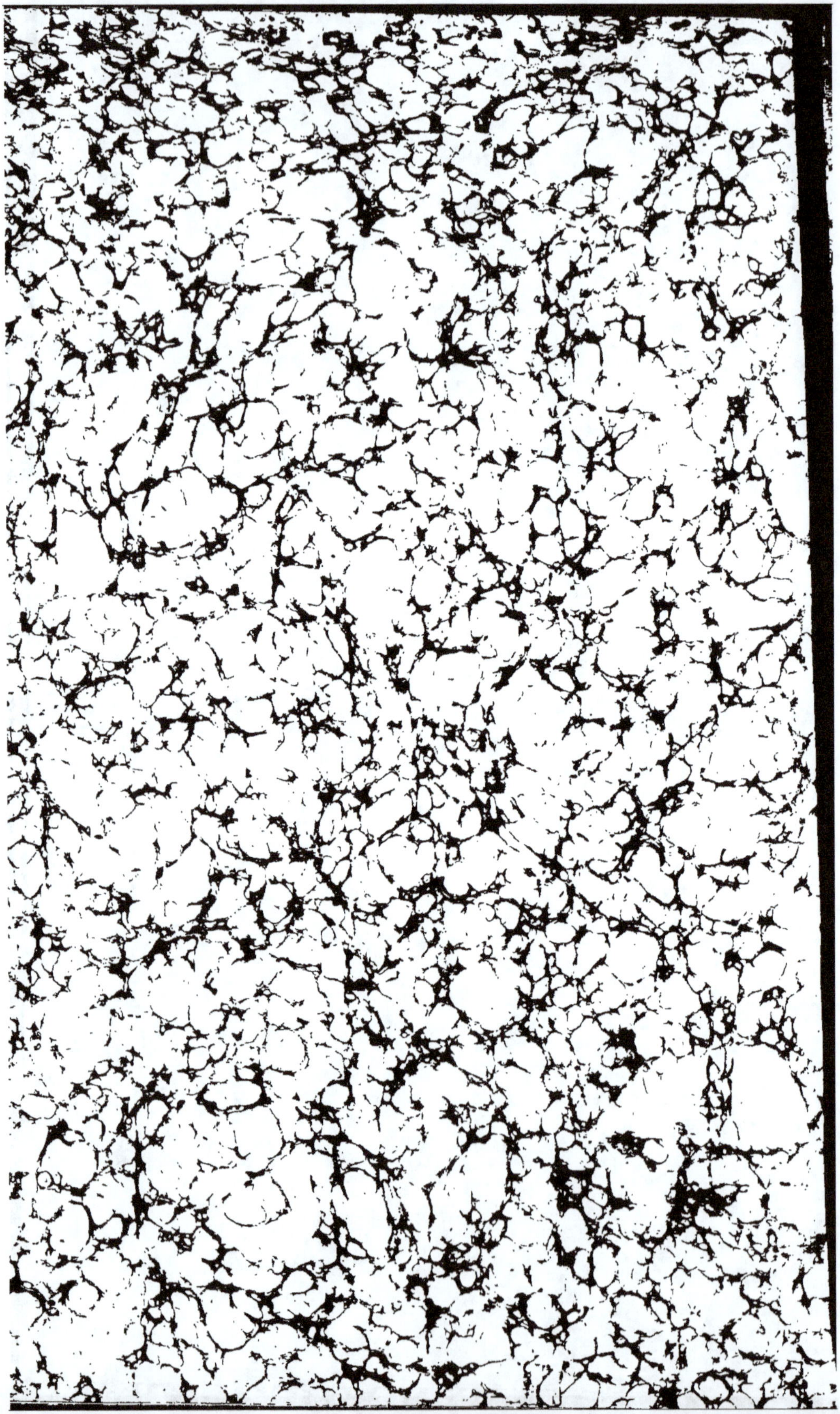

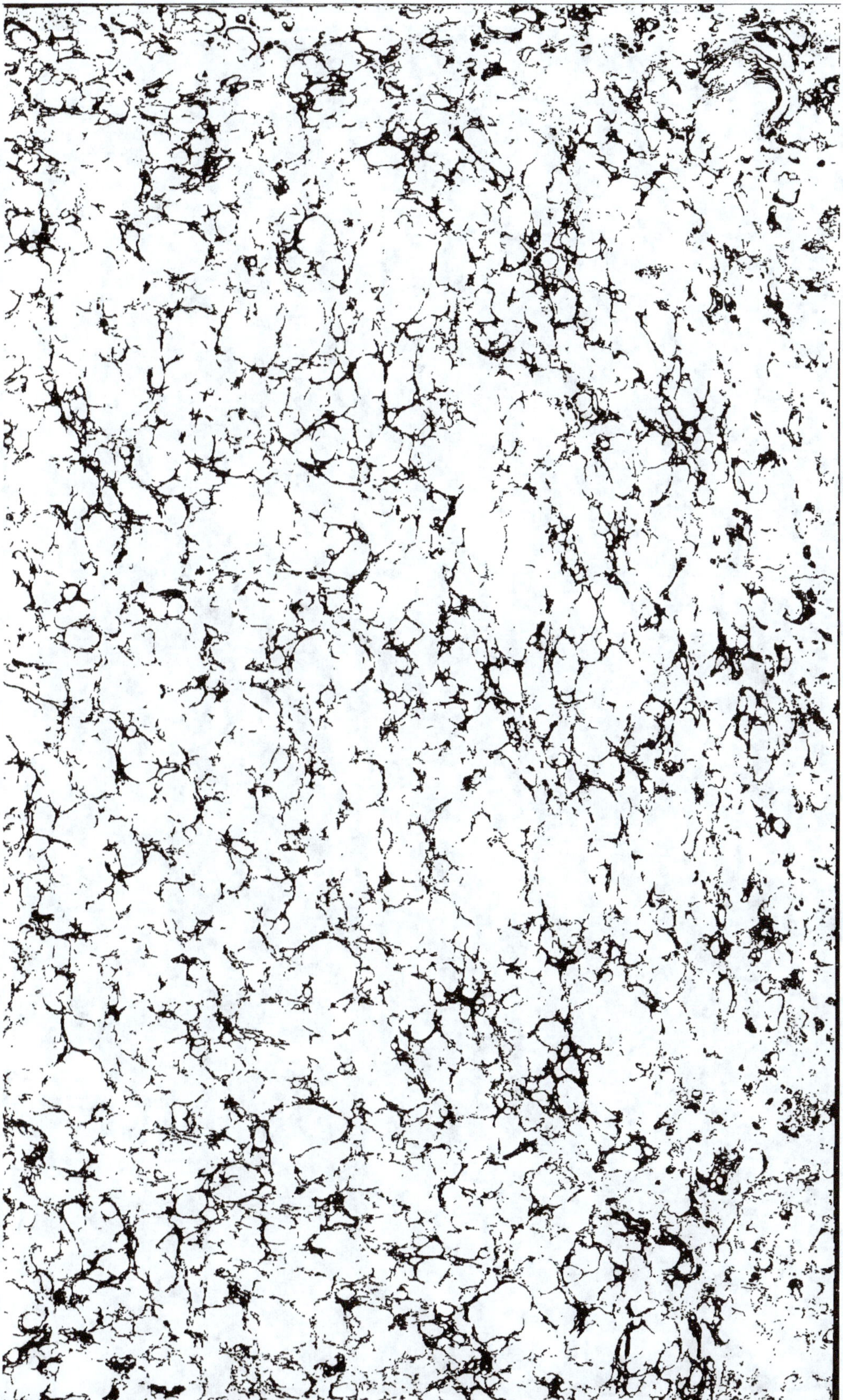